雀风

[日]芥川龙之介 著

匡伶 译

重庆出版集团 重庆出版社

图书在版编目（ＣＩＰ）数据

黄雀风 /（日）芥川龙之介著；匡伶译. -- 重庆：重庆出版社，2025.1
ISBN 978-7-229-18646-3

Ⅰ. ①黄… Ⅱ. ①芥… ②匡… Ⅲ. ①短篇小说－小说集－日本－现代 Ⅳ. ①I313.45

中国国家版本馆CIP数据核字(2024)第090924号

黄雀风
HUANGQUE FENG
[日] 芥川龙之介 著 匡 伶 译

丛书策划：李　子
责任编辑：李　梅
责任校对：何建云
封面设计：荆棘设计
版式设计：侯　建

重庆出版集团
重庆出版社 出版

重庆市南岸区南滨路162号1幢　邮政编码：400061　http://www.cqph.com
重庆天旭印务有限责任公司印刷
重庆出版集团图书发行有限公司发行
全国新华书店经销

开本：787mm×1092mm　1/32　印张：7.75　字数：170千
2025年1月第1版　2025年1月第1次印刷
ISBN 978-7-229-18646-3

定价：42.00元

如有印装质量问题，请向本集团图书发行有限公司调换：023-61520678

版权所有　侵权必究

传吉报仇 1

孩子的病——献给一游亭 11

丝女纪事 23

文章 36

一封旧信 52

恋爱至上 62

少年 73

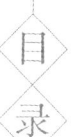

保吉的手记 107

三右卫门的罪过 129

小白 144

一块地 160

神秘的岛屿 180

桃太郎 195

寒意 206

金将军 215

鞠躬 222

小儿乖乖 230

传吉报仇

这是孝子传吉为父报仇的故事。

传吉是信州水内郡笹山村一个农民的独子,父亲名叫传三,据说他生前"好酒、好赌、好打架",全村上下都拿他当泼皮无赖。至于传吉的母亲,有人说她在传吉出生后第二年就病死了,也有人说她是有了情夫，两人私奔了。但不论事实真相如何，反正这个故事开始的时候，她就已经不在了。

故事始于天保七年（1836）的春天，那时传吉刚满十二岁（也有一种说法是十五岁）。一天，传吉因为一件"偶然之事"，"得罪了越后浪人武士[①]服部平四郎，平四郎气得想要杀了他"。平四郎是个剑客，当时柏原有个赌徒叫文藏，平四郎就在他手下当保镖。不过，关于那件"偶然之事"，也有两三种不同的说法。

首先，根据田中玄甫在《旅砚》中的记载，是传吉的风筝线缠到了平四郎的发髻上。

其次还有笹山村的慈照寺（净土宗），传吉的墓就在这家寺院。他们分发过一本木版小册子叫《孝子传吉物语》，上面说，其实传吉并没有做什么，他那天正在钓鱼，碰巧平四郎从那儿经过，就想抢他的钓鱼竿，仅此而已。

最后还有小泉孤松撰写的《农家义人传》，其中一篇写道，当时传吉牵着马，那匹马把平四郎踢到稻

[①] 古代日本武士一般效忠于某个领主，"浪人"是指离开主家、四处流浪的武士。"越后"是古代地名，今新潟县。——译者注

田里去了。

总之，平四郎肯定是在一气之下拿刀砍向了传吉。传吉被平四郎追着，一路跑到了山脚下他父亲干活的农田。父亲传三正独自一人修剪桑树，得知儿子有危险，就把他藏到了红薯窖里。红薯窖就是储藏红薯的土坑，大约一张席子大小。传吉就躲在里面，身上盖着草帘，大气都不敢出。

"平四郎很快追了过来，见到传三就问：'老头，老头，看到一个小鬼跑哪儿去了吗？'传三本就是个不好惹的角色，张口就骗他说'往那儿跑了'。平四郎刚要追过去，回头看到传三在吐舌头，不由怒道：'臭种地的，你竟敢……（书页被蛀，不可辨）'，说着就踢向传三。但传三也是个胆大妄为的，他沉着地抄起身旁的锄头，大吼一声：'那就让你见识见识臭种地的厉害！'

"两人旗鼓相当，拼死对打了很久，……

"但终究还是平四郎技高一筹，他巧妙地消耗着传三的体力，一把夺过他挥来的锄头，并趁机往他肩头砍了一刀，……

"传三想逃,但平四郎双手握刀,劈头砍了下去,……

"平四郎根本没注意到传吉就在附近,他慢悠悠地擦干净刀,若无其事地扬长而去。"(出自《旅砚》)

传吉在红薯窖里憋得大脑缺氧,好不容易爬出洞外,却只见传三的尸体倒在刚刚萌芽的桑树底下。传吉紧紧抱着父亲的遗体,很久很久一动不动,但奇怪的是,他的眼中没有一滴泪,心中却似有一团火在炙烤。那是他对自己的愤恨,恨自己眼睁睁看着父亲被杀却无能为力。他觉得此仇必报,否则此恨不消。

从此以后,传吉的人生几乎就只剩下了报仇。他安葬了父亲,住到了位于长洼的叔叔家,在那儿当了一个男佣。叔叔名叫枥屋善作(也有的说是叫善兵卫),是一个精明的旅馆老板。传吉住在佣人房,继续琢磨着如何报仇。关于他所下的功夫也是众说纷纭,究竟孰真孰假,还有待考证。

(一)据《旅砚》《农家义人传》等记载,传吉当时知道仇人是谁。但据《传吉物语》记载,传吉"历经三年风霜",才得知仇人名为"服部平四郎"。此外，皆川蜩庵所著《树叶》中有一节为"传吉纪事"，其中也清楚地写着"历经数年"。

（二）据《农家义人传》《本朝姑妄听》（作者不详）等记载，传吉的剑法师父是一个叫平井左门的浪人武士。左门当时在长洼教孩童读书写字，同时也收徒传授北辰梦想派的剑法。但据《传吉物语》《旅砚》《树叶》等记载，传吉是自学剑法。他"或称树木为仇敌，或称岩石为平四郎"，一心苦练武艺。

然而，天保十年前后，服部平四郎却凭空消失了。当然，这并非因为他知道自己被传吉盯上了，而是像所有的流浪汉一样，不知道跑哪儿去了。不用说，传吉深受打击，甚至感叹道："神佛也保佑仇人乎？"但事已至此，若要报仇，就得踏上旅程，可现在的传吉却不能漫无目的地出门寻仇。他在深感绝望之余，渐渐开始沉湎酒色。《农家义人传》将他的这一变化解释为"求交于赌徒，盖欲知仇之所在也"，或许也是一个原因。

很快，传吉就被赶出了枡屋叔叔家，成了一个外号叫"黑斗鸡"的赌徒松五郎的手下。此后的二十年时光，他都过着放荡不羁的生活。据《树叶》记载，他在此期间还诱拐了枥屋叔叔家的女儿，还去长洼的旅馆勒索过某人。但其他书中均不见相关记载，故无法简单辨别真伪。实际上《农家义人传》就否定了上述《树叶》的记载，文中写道："传说传吉屡屡与乡间恶霸横行乡里，此言之荒诞不足一辩。其乃为父报仇之孝子，岂会有这般无状之事。"不过，传吉这段时间应该也没有忘记报仇的念头，就连不那么同情他的皆川蜩庵也写道："传吉对朋辈不说有仇之事，对知情者佯装不知仇人之名，此乃深志之人所为。"然而，岁月无情地流逝，传吉依然无从得知平四郎的去向。

时间来到安政六年的秋天，传吉突然发现平四郎就住在仓井村，只是如今不再像过去那样双腰插刀了，不知何时他剃光了头发，成了仓井村地藏庙的看守。传吉感到了"神灵的眷顾"。仓井村是个山村，距离长洼不足五里，而且与笹山村相邻，传吉认识那里的每一条小路。他还确认了平四郎现在名叫净观。安政六年九月七日，传吉戴上斗笠，披上斗篷，腰里插上长刀，独自踏上报仇之路。距离父亲传三被杀已经二十三年，他终于要实现自己的夙愿。

传吉到达仓井村时已过了戌时。为避免麻烦，他特意选在晚上行动。传吉冒着夜间的寒气，沿着乡间的小路，来到山后的地藏庙。他透过窗户纸上的破洞往里看，只见火光在墙上照出一个大大的人影。但由于角度不对，完全看不到影子主人的模样。唯一能确定的是，眼前那个大大的人影是个光头。他又凝神听了听，觉得这个冷清的庙堂中除了看守，再没有其他人。传吉先摘下斗笠，轻轻地朝上放在滴水石上；然后静静地脱下斗篷，对折后放进斗笠。斗笠和斗篷不知何时都被露水濡湿了。突然——他感到了一阵强烈的便意，没办法，只好踏进草丛，在一棵漆树下办了事。关于这个小插曲，田代玄甫称赞他"胆识过人，令人生畏"，小泉孤松也感叹道："传吉之沉勇，极矣！"

万事俱备，传吉拔出长刀，猛地推开地藏庙的拉门。只见一个和尚坐在地炉旁，悠闲地舒展着双腿。和尚头也不回，问道："是谁？"传吉觉得有些失望。首先，和尚的态度很难让人觉得他是自己的仇人。其次，他的背影衰弱之极，跟传吉想象中的大相径庭。他在一瞬间几乎怀疑自己找错了人,但事已至此,已不容许他犹豫不决。

传吉从背后拉上门,叫了一声"服部平四郎"。和尚却面不改色,只是有些不解地看了一眼来客。然而一看到刀光,他便又迅速收回了腿。在炉火的映照下,能看出这已是个瘦骨嶙峋的老人,但传吉还是从他的脸上看出此人正是服部平四郎。

"谁啊,你是?"

"传三的儿子,传吉。你还记得跟我有杀父之仇吧?"

净观睁大双眼,沉默地看向传吉,脸上浮现出难以言喻的恐惧。传吉举着刀,冷冷地享受着他的恐惧。

"来吧,我是来为父报仇的,赶紧起来跟我决一死战吧。"

"什么?让我站起来?"

净观脸上慢慢浮起微笑。但传吉觉得那微笑似乎有些骇人。

"你以为我还能像过去那样站起来吗?我的腿瘸了,腰也断了。"

传吉闻言不禁倒退一步，手里握着的刀尖也微微颤动起来。净观见此情形，张开掉光牙齿的嘴，又说了一句：

"我连站都站不起来了。"

"你说谎，胡说……"

传吉气得破口大骂，但净观却渐渐冷静了下来。

"谁说谎了？你去村子里打听打听，我去年就害了一场大病，瘫痪了。不过……"

净观顿了顿，直直地看着传吉的眼睛，说道：

"不过，我也不会求饶。你说的没错，是我杀了你父亲。如果你要对我这个残废动手，那就痛快点来吧！"

传吉陷入短暂的沉默，心中五味杂陈。憎恨、怜悯、蔑视、恐惧——种种情感起伏不定，让他手中的刀都变得沉重起来。他一动不动地瞪着净观，犹豫着砍还是不砍。

"来吧，动手吧！"

净观傲然地斜过脑袋，向传吉露出自己的脖子。就在这一瞬间，传吉闻到了他身上浓烈的酒气，往日的愤恨再次涌上心头。那是他对自己眼睁睁看着父亲被杀的愤恨，是此仇不报就无法泯灭的愤恨。传吉抖擞了一下精神，猛地朝着净观的脖子砍了下去……

传吉成功报仇一事火速传遍整个乡里，得到民众一致赞扬，官府也没对这个孝子进行什么处罚。但好像因为他忘了事先向官府报告，因此也没受到什么嘉奖。关于传吉之后的人生，已经不是这个故事要讲述的重点。不过还是简单介绍一下。明治维新后，传吉开始做木材生意，多次失败以后，精神变得有些不正常。他去世是在明治十年（1877）秋天，终年五十三岁。但关于他晚年的情况，各书均无记载，只有《孝子传吉物语》中有一句总结：

"传吉此后发家致富，安享晚年。'积善之家庆有余'，诚如此言。南无阿弥陀佛，南无阿弥陀佛。"

1923年12月

孩子的病——献给一游亭[①]

夏目老师看了一眼书法挂轴，喃喃地说道："这是旭窗吧！"果然，落款写着"旭窗外史"。我问他："旭窗是淡窗的孙子吧，那淡窗的儿子叫什么？"他

---
① 小穴隆一（1894—1966），日本西洋派画家、散文家和诗人，笔名"一游亭"，是芥川生前的密友。——译者注

当即回答道:"好像叫梦窗吧。"

——就在这时,我从梦中惊醒了过来。隔壁套间的灯光照进了蚊帐,妻子正在给快两岁的儿子换尿片,孩子自然是哭个不停。我背过身,想再次进入梦乡。然后就听妻子说道:"哎,真麻烦。小多加,你又生病了吗。"我问妻子:"是有什么问题吗?""是啊,好像有点拉肚子。"跟大儿子比起来,这个孩子有些体弱多病。这一方面让我们感到揪心,另一方面也有些习以为常了。"明天让S大夫过来看看吧。""嗯,我本来想着今晚就让他过来看看的。"等孩子停止了哭声,我也再次睡了过去。

第二天早晨醒来时,我还清楚地记得昨晚做的梦。淡窗好像是广濑淡窗,但旭窗、梦窗什么的应该是凭空想出来的人物。这么一说,我倒想起有位说书先生就叫南窗。至于孩子的病,我倒是没怎么放在心上,直到妻子从S大夫家回来后,我才稍微关心了一下。"果然是消化不良。大夫也说回头再来。"妻子横抱着孩子,有些气呼呼地说道。"发烧吗?""大概三十七度六——可昨晚一点都没发烧。"我钻进二楼书斋,开始日复一日的工作。工作依旧没有进展,但也不全是因为孩子生病。不一会儿,闷热的天便下起雨来,雨水敲打着院子里的树木。我坐在没写完的小说前,接连点了几支敷岛牌香烟。

S大夫上午来看了一次,傍晚又来了一次。傍晚时大夫给多加志灌肠了,多加志则一边灌肠一边目不转睛地看着灯光。不一会儿,灌肠的液体便导出了一些黑灰色的黏液。我感觉自己就像看到了疾病一样,问道:"情况怎么样,大夫?"

"没什么大问题。不过要一直用冰块给他敷额头。——还有,不要太逗弄孩子。"大夫说完,便回去了。

晚上我继续工作,凌晨一点左右才终于上床休息。上床前从洗手间出来时,听到有人在漆黑的厨房里弄着什么,发出咯噔咯噔的声音。"谁啊?""是我啊。"回话的是母亲。"你在做什么呢?""在捣冰块。"我一边为自己的疏忽感到羞愧,一边说道:"可以开灯的呀。""没事,摸黑也能弄。"我自顾自地打开了电灯,看到母亲和服外面只系着一根腰带,正笨拙地用锤子捣着。在家看到她这副模样,觉得有些太寒碎了。冰块已经用水洗过，棱角反射着灯光，一闪一闪的。

然而，第二天早上多加志的体温已经超过了三十九度。S大夫上午又来看了一次，跟昨晚一样又做了灌肠。我在一边帮忙，心里想着今天的黏液挺少的，谁知打开便桶一看，发现比昨晚多多了。妻子一看不禁提高嗓门说道："那么多啊！"那声音简直有些浮夸，就像年轻七岁的女学生。我不由得看向大夫的脸："不会是小儿腹泻吧？""不，不是小儿腹泻，没断奶的孩子是不会得的……"S大夫意外地很镇定。

S大夫回去后，我继续工作，这是给《每日Sundy》的特刊写的一篇小说，截稿日期就是明天早上。虽然没有心情，我还是硬着头皮继续动笔写作。但多加志的哭声时不时就会刺激一下我的神经，而且，多加志刚停下来不哭，比他大两岁的比吕志又开始放声哭起来了。

头疼的事还不止这些。下午，一个陌生青年来找我借钱。"我是一个体力劳动者，C先生帮我写了一封介绍信，让我来找您。"青年的语气有些粗俗。但我现在钱包里只有两三日元，所以就给了他两本不用的书，跟他说拿去换钱。谁知他一接过书，就细心地翻看起版权页。"这书上写着非卖品呢，非卖品也能卖钱吗？"我一下觉得有点羞愧，但还是回答说应该能卖。"是吗，那失敬了。"青年将信将疑地回去了，连句谢谢都没说。

傍晚的时候，S大夫又来做了灌肠，这次黏液少了很多。"啊啊，今晚很少呢。"母亲从卫生间打来水，一边骄傲地说道。我也一样，尽管没有彻底放心，但也放松了不少。不仅因为黏液少了，还因为多加志的脸色和行动都恢复如常了。"明天应该就会退烧了，幸好没有呕吐。"S大夫一边回答母亲，一边欣慰地洗着手。

我第二天早晨醒来时，保姆正在卧室套间叠蚊帐。蚊帐上的挂环随着她的动作发出叮叮当当的响声，还听她说了句"小多加"什么的。我头脑还有些迷糊，随口问了一句"多加志吗？""小多加不好了，说是必须得让他住院啊。"我坐起身来，心里感到非常意外，因为昨天还好好的。"S大夫呢？""大夫已经来了，快，您快起床吧！"保姆像是在隐藏自己的情绪，表情显得很是固执。我赶紧去洗脸，天空依然阴沉沉的，乌云密布。浴室里的小桶中放着两支天香百合，我感觉那个花香和褐色的花粉都要粘在我黏乎乎的皮肤上了。

仅仅一个晚上，多加志的眼窝就已经深陷进去了。听说今天早晨妻子想抱他起来时，他就那样后仰着耷拉着脑袋，嘴里吐着白色的呕吐物。他还一直打哈欠，这也是不好的征兆。我一下子觉得孩子很可怜，心里也生出一种不祥的预感。S大夫沉默地坐在孩子枕边，嘴里衔着一支敷岛牌香烟。他一看到我，马上说道："我有话对您说。"我把他带上二楼，二人隔着没生火的火盆坐了下来。他首先说了这么一句："我觉得没有生命危险，不过……"据他所说，多加志是严重伤了肠胃，按目前的情况，只能禁食两三天，除此别无他法。"还有，我觉得还是让他住院更方便。"我感觉多加志的情况比S大夫所说的要危险得多，或者说，即便现在就让他住院治疗，说不定也已经晚了。但现在也不是追究这些问题的时候，我拜托他尽快帮忙办理住院事宜。"那就去U医院吧。很方便，至少很近。"S

大夫茶也没喝，就赶忙去给U医院打电话了。在此期间，我叫来妻子，还让保姆也跟着一起去医院。

那天碰巧是我的会客日，一早就来了四个客人。我一边跟他们说着话，一边在心里惦记着妻子和保姆，他们正在抓紧准备住院所需物品。突然，我感觉舌尖上有些沙粒样的东西，心里想着会不会是前些日子补牙的石膏脱落了。但拿出来放在指尖上一看，却是自己牙齿的碎片。我有些迷信起来了，但还是一边抽着烟，一边跟客人聊着抱一①的三弦琴，有传言说他把自己的三弦琴卖了。

就在这时，昨天那个自称体力劳动者的青年又来找我了。他就站在门口，开始跟我交涉起来："昨天你给我的书只换了一日元二十钱，能不能再给我四五日元？"不仅如此，无论我怎么回绝，他都赖着不肯回去。终于我再也忍不住了，大声呵斥道："我没时间跟你啰嗦，赶紧回去吧。"可他依然不肯罢休，又说了一堆不知羞耻的话："那么，至少给我报销车费吧，

---

① 江户末期的画家酒井抱一（1761—1828），代表作有《夏秋草图屏风》等。——译者注

我只要五十钱就可以了。"眼看这一招也不灵，他就粗暴地拉上进户门，转身逃走了。这让我下定决心今后再也不做这种济贫的事了。

不久，客人从四个增加到五个。第五位客人是一位年轻的法国文学研究者。他进来时，我恰好去茶室探听情况，发现保姆已经做好了出门的准备，正抱着穿得厚厚的孩子在走廊上来回踱着步子。我轻轻地用嘴唇贴了一下多加志的额头，他的额头烧得滚烫，嘴巴也在微微地颤抖。"车呢？"我小声地问起其他事的安排。"您是问车吗？车已经到了。"不知为何，保姆跟我说话的语气很是客气，就像对待外人一样。这时，妻子也换好和服、抱着羽绒被和竹篮走了过来。"那么，我们这就去了。"她正襟危坐，双手拄地，异常严肃地跟我说道。但我只说了一句："给多加志换一顶新帽子吧。"其实他头上戴的遮阳帽就是我四五天前刚给他买的。"已经换成新帽子了。"妻子回道，然后对着衣橱上的镜子，稍稍拉紧了衣领。我没给他们送行，而是再次回到了二楼。

我正和新到的客人讨论乔治·桑，然后看到两辆车的车篷随着地面的起伏轻轻摇晃着，从院子里新长的树叶间一闪而过。"巴尔扎克也好，乔治·桑也好，反正19世纪上半叶的作家就是比下半叶的更伟大。"来客——我清楚地记得，他如此充满激情地说道。

下午的访客也是络绎不绝。直到傍晚，我才终于有时间赶往医院。不知何时，阴天已经成了雨天。我一边更衣，一边吩咐女佣给我准备雨天穿的高齿木屐。就在这时，大阪的N君又跑来找我拿文稿。他的长筒雨靴上沾满了泥浆，外套上的雨渍反射着灯光。他没有进来，我就在大门口接待了他，告诉他因为种种缘故，自己一个字也没有写成，因此这次就不投稿了。N君对我深表同情，说道："那这次就算了吧。"不知为何，我觉得好像是自己强迫N君来同情我似的，同时也觉得自己是利用生命垂危的孩子来编了一个体面的理由。

N君刚走，保姆也从医院回来了。她说，多加志后来也吐过两次奶，但幸好大脑没受影响。她还谈到了医院里的护士性情温和，今晚我岳母会住在医院等等。此外，她还说起了一件事："小多加刚住进医院，教会周日学校①的学生就送来了一束鲜花。哎,正因为是鲜花,反倒觉得有些不吉利呢。"这让我想起自己今天早上说话时牙齿小块脱落的事,但我什么也没跟她说。

走出家门时,外面已经一片漆黑,天还在下着毛毛细雨。就在我准备出门的时候,我发现自己脚上穿的竟是晴天穿的木屐,而且左脚上的鞋带也松了,这让我觉得如果这根鞋带断了,那孩子可能也就命悬一线了。但如果回去重换一双,这又会让我焦躁不堪。我一边在心里怨恨着女佣的粗心大意,怪她没有给我准备好高齿木屐,一边小心翼翼地向前走着,生怕一不小心就踩掉了鞋子。

到医院时已经九点多了。果然,多加志病房外的洗脸盆里泡着五六支红百合和瞿麦花。病房里的灯泡上蒙着一层布,光线暗得都看不清人脸。妻子和岳母都和衣躺着,多加志夹在她们中间,枕着岳母的手臂,似乎睡得很香。妻子看到我来了,马上从床上坐起来,

---

① 基督教教堂在星期日举办的对儿童进行基督教教育的学校。

小声地说了一句"你辛苦了"。岳母也说了同样的话,她们的语气比我预想的要轻松。我多少有些如释重负的感觉,在她们枕边坐了下来。妻子说,因为不能给多加志哺乳,孩子哭得很厉害,她自己也涨奶严重,真是双倍的难受。"他怎么也不肯吸橡胶奶嘴。没办法,只好让他吸我的奶头了。""现在他在吸我的奶头呢,"岳母笑着露出自己干瘪的乳头,"瞧他吸得多带劲啊,脸都涨得通红了。"不知不觉我也笑了:"不管怎么说,情况好像比我预想的要好啊。之前我还在想,现在是不是已经毫无希望了呢。""你是说小多加吗?他已经没事了呀。什么呀,就是寻常的拉肚子而已,明天肯定就退烧了。""这全是仰仗祖师爷[①]的保佑,对吧?"妻子调侃了一下岳母。岳母是法华宗信徒,但她好像没听见妻子的话,只是使劲噘着嘴朝多加志头上吹风,像是要吹去他的高烧一样。

多加志幸存了下来。在他稍微好转之后,我曾想过要把他住院前后的种种写成一篇小文章。但又有些

---

① 此处指日本法华宗开祖日莲。——译者注

迷信的想法,担心写成文章后孩子又会旧病复发,为此始终没有动笔。院子里的树上系着一个吊床,多加志此时就睡在上面。正好收到约稿,所以我决定暂且把此事记下来。但对读者而言,或许并无意义。

1923 年 7 月

丝女纪事

秀林院夫人①乃越中太守②细川忠兴③之妻,谥号秀

---

① 本名玉(1564—1600),细川忠兴之妻,明智光秀(1528—1582)之女。在"关原之战"中,因拒绝作为人质进入大阪城而自杀。——译者注
② "越中"为日本古代旧地名,今富山县。"太守"为地区最高行政长官。——译者注
③ 细川忠兴(1563—1645),号三斋,安土桃山至江户初期的武将。在"关原之战"中加入德川家康所率东军。——译者注

林院殿华屋宗玉大姊。此文记录夫人临终之始末：

一、"石田治部少辅①之乱"那年，亦即庆长五年（1600）七月十日，家父卖鱼郎清左卫门造访大阪玉造街府邸，呈献秀林院夫人金丝雀十只。夫人历来钟爱西洋货，故甚为欢喜，奴家亦颜面有光。尤其夫人日常用度其实赝品居多，似金丝雀这般货真价实之洋货竟是一件也无。其时父亲禀道，秋风渐起，小女待嫁，望夫人准假。奴家侍奉夫人三年有余，从未见其温柔宽厚之处，不过装作贤良淑德模样。故奴家虽为贴身女婢，未敢有轻佻之言，每日只觉压抑不已。此时听闻父亲所言，顿觉欢欣雀跃。此日夫人亦有些老生常谈，如"日本国女性智慧不足，盖因不读外文书籍之故"。奴家不禁暗想，夫人来世定当嫁于西洋之王公贵族。

二、十一日，一名谓澄见之女尼前来拜谒秀林院夫人。听闻此女尼如今亦在大阪城贵人处殷勤奉承，颇有声望，但早先原为京都绢丝铺之遗孀，先后改嫁

---

① 石田三成（1560—1600），安土桃山时代的武将，受丰臣秀吉重用，"治部少辅"为其官职。在1600年的"关原之战"中与德川家康对立，失败后在京都被斩首。——译者注

六次之多，寡廉鲜耻自不待言。奴家仅窥澄见之面，便觉恶心欲吐，然夫人毫不见嫌，时而相谈小半日之久。每逢其时，奴等贴身女侍无不头痛。此事全因夫人喜受奉承之言。譬如澄见，假惺惺夸赞夫人容貌："夫人花容月貌，无论哪方大人看来，亦不过二十出头。"说得煞有介事，然夫人并无那般姿色，尤其鼻梁过高，尚有少许雀斑。且年已三十有八，纵使夜晚抑或远观，亦不似二十出头。

三、澄见此日来访乃"受治部少辅之托"，为劝夫人入住大阪城内。夫人谓澄见，待斟酌后再回复。然澄见看来，夫人所言乃托词，实际难下决心。澄见去后，夫人于"玛利亚"像前专心祈祷，每两刻念一遍"奥拉西奥"[①]。顺便提及，夫人所念"奥拉西奥"非日文，乃西洋国之拉丁文。奴等听其音若"闹死，闹死"，甚觉滑稽，每每须强忍不致笑。

四、十二日，一切如常，仅夫人自清晨心有不悦。夫人不悦，奴等自不待言，与一郎（忠兴之子，又名忠隆）

---

① 拉丁文 Oratio，祈祷之意。——译者注

少夫人亦难逃清净，或遭训斥，或被挖苦，故众人无不敬而远之。今日夫人亦怪责少夫人"妆容过于浓艳"，甚而借《伊索寓言》之孔雀故事，长篇大论责难不休，众人皆怜少夫人。少夫人乃紧邻浮田中纳言夫人之妹，虽聪慧略有不足，然姿容不逊天下人偶之名作。

五、十三日，小笠原少斋（又名秀清）、河北石见（又名一成）二人至厨房而来。细川府家法甚严，成年男子自不待言，孩童亦不得入内宅。故外宅仆人若有事需托奴等向内宅递话，便前至厨房，久而久之，已成规矩。此事盖因三斋大人（即忠兴）与秀林院夫人争风吃醋而起，黑田家森太兵卫老爷亦曾笑言，竟有此等不便之家法。然上有政策，下有对策，实际并无甚不便之处。

六、少斋、石见二人唤出女仆阿霜，细细叮嘱，近日忽有传言，凡拥戴东军之诸侯，治部少辅皆扣押人质，此事如何是好，欲请闻秀林院夫人之尊意。其时阿霜谓奴家言："彼等护卫之辈，消息甚不灵光，此事前日澄见早已上禀。哎，传话一事委实不易。"此事亦不新鲜。世间传言，奴等内宅之人总比外宅仆役更早得知。少斋乃忠厚老人，石见乃一介莽夫，只知舞刀弄枪，消息不灵亦是理所当然之事，然屡屡如此，奴等内宅之人遂不言"世人皆知"，而言"护卫亦知"。

七、阿霜当即禀明夫人护卫之意。据闻夫人这般回复：治部少辅与三斋大人素不和睦，若扣押人质，恐赴本府而来。若能幸免，或扣押他府同等人物。但若本府首当其冲，该如何作答？此事由少斋、石见二人见机行事。少斋、石见二人正因不知如何应对，故征询夫人尊意，然秀林院夫人答非所问，阿霜慑于夫人威严不敢多问，只得原话转告二人。阿霜退回厨房，秀林院夫人再至"玛利亚"像前祈祷，正念诵"闹死，闹死"，不曾想新女婢阿梅禁不住笑出声。夫人怒斥"岂有此理"，令人一顿痛打。

八、少斋、石见听闻夫人意见，二人皆不得要领，无奈对阿霜说道："若治部少郎派人前来索要人质，吾等便如此作答：'与一郎大人、与五郎大人（忠兴之子，又名兴秋）二位少爷已赴东军，内记大人（忠兴之子，又名忠利）现今亦于江户充作人质，本府如今可作人质者已无一人，故无法交出。'倘若仍旧强行要求，便回道：'需派人前往田边之城（位于舞鹤），请示幽斋大人（忠兴之父，又名藤孝）吩咐，暂请少安毋躁。'如此这般可行？"秀林院夫人之尊意乃令其"见机行事"，然少斋、石见二人所言对策，丝毫未曾"见机"。且不论经验老到之武士，即便头脑一般之人，亦应先请秀林院夫人前往田边之城避难，其次令奴等各自逃命，最后留下自己二人誓死看家守院。然却言"本府如今可作人质者已无一人，故无法交出"，此言一出，或致双方当即火拼，奴等亦必受牵连，实属麻烦至极。

九、阿霜再次回禀秀林院夫人，夫人不置一词，仅口中不绝念诵"闹死，闹死"，许久，恢复平静，作示言："也罢。"确然，护卫尚未恳请"逃难"，夫人亦无法下旨令自身"逃命"，故对少斋、石见二人如此愚昧之言，夫人心中定是怨恨不已。自此时起，夫人情绪愈发恶劣，事事训斥奴等，且每每借用《伊索寓言》，如"某人为此蛙，彼人为此狼"等，众人深感痛苦甚于充当人质。奴家尤然，"似蜗牛，似乌鸦，似猪豚，似幼龟，似棕榈，似恶犬，似毒蛇，似野牛，似病患"，凡此种种恶言骂语，永生难忘。

十、十四日，澄见再访，再禀人质之事。秀林院夫人回道，且等三斋大人批复，此前无论何事，万难允诺充当人质。澄见闻言禀道："夫人尊重三斋大人意见，委实娴淑之至。然此乃细川府之大事，如若不入城内，亦可迁居紧邻浮田中纳言大人府上，如何？浮田中纳言夫人与贵府与一郎少夫人乃姐妹之谊，如此安排，纵使三斋大人亦无可责难。敬请如此决定！"澄见乃老狐狸，奴家最为厌恶，然其此时所言不无道理。如若搬至紧邻浮田中纳言府，第一不失体面，第二奴等亦可保性命无虞，实为无与伦比之妙计。

十一、然秀林院夫人却回道："浮田中纳言大人确为本府姻亲，但其亦为治部少辅之朋侪，此事早有耳闻。故即便迁至紧邻，人质仍是人质，断难同意。"澄见再三劝说，费尽唇舌，然夫人概不应承，澄见之妙计遂成泡影。其间，秀林院夫人亦复如故，日本与中国自不必说，乃至西洋国之故事亦有提及，诸如孔子、

《伊索寓言》、橘姬①、基督之类，能言善辩，口若悬河，纵使澄见亦得甘拜下风，哑口无言。

十二、此日黄昏，阿霜愁容满面，告奴家，其见一金色十字架从天而降，落于庭前松树枝头，恍然如梦，岂非大凶之兆？阿霜本是近视，且素来怯懦而遭众人嘲，许是误将明星看作十字架。着实可疑，不足为信。

十三、十五日，澄见再访，重提昨日之事。然秀林院夫人依旧不为所动，说道："纵使再三劝说，万难允诺。"澄见闻言心生怨恨，临别说道："夫人定是忧心如焚，瞧您容颜衰老，竟似四十有余。"秀林院夫人自是怒不可遏，下令日后禁止通报澄见来访。一如往日，夫人此日亦是定时念诵"奥拉西奥"，然人质一事私下协商失败，众人皆有不安，阿梅亦敛声屏气，未再发笑。

十四、此日，河北石见、稻富伊贺（又名佑直）二人再生争执。伊贺擅炮术，各府皆有其弟子，声名在外，少斋、石见等故生嫉妒，双方时有争吵。

---

① 日本神话人物"日本武尊"之妃。相传武尊东征时，相模海上忽起风浪，为平息海神之怒，橘姬代夫投身大海。——译者注

十五、此日深夜，阿霜梦见追兵，惊魂未定，放声疾呼，绕廊狂奔四五间。

十六、十六日巳时①前后，少斋、石见二人再请阿霜传话："方才治部少辅正式派人前来，令吾等务必交出秀林院夫人，如若不然，便要强闯，吾等回复'简直肆意妄为。吾等纵然一死，誓不交出夫人'。形势危急，恳请夫人亦做好思想准备。"听闻其时少斋正闹牙痛，由石见代为口述，然石见怒火中烧，恨不能动武打人方能解恨，差点累及阿霜。以上皆为阿霜所言。

十七、秀林院夫人听完阿霜所报详情，当即召与一郎少夫人密谈。事后得闻，夫人劝少夫人一同自裁，实在太过残忍。概言之，此番闹大，固然有不得已之缘由，然此外亦有同等重要之原因：一则护卫不知融通而致沟通失败，二则秀林院夫人脾性不佳而致其加速踏上灭亡之道。然夫人既劝少夫人一同自裁，或令奴等一道行动亦未可知。心中暗自担忧，忽闻夫人召见，众人无不犯难，不知夫人有何吩咐。

---
① 上午十时左右。——译者注

十八、不多时，众人齐聚，秀林院夫人即说道，不日将赴极乐世界"帕拉伊索[①]"，甚觉欢喜。然面色苍白，声音颤抖，可知当是伪装镇定。夫人继续说道："放心不下之事唯尔等归宿。尔等不求上进，亦不皈依天主门下，日后定会堕入'因费里诺'[②]地狱，成恶魔之饵食。不如从今洗心革面，遵从天主教诲。如若不然，则众人集体自裁，我等一同离此秽土。届时，我等恳求'阿克安琪'[③]，请'阿克安琪'再恳求耶稣基督，令我等同赴庄严之'帕拉伊索'。"闻言，众人感激涕零，当即异口同声表明皈依天主宗门之决心。秀林院夫人亦深感欣慰，说道："如此则可了无牵挂，安心去了，无需尔等陪同。"

十九、此外，秀林院夫人尚留书信两封交予阿霜，分别致三斋大人及与一郎少爷。其后再书洋文信一封交予奴家，致京都之"伴天连"[④]，名曰"格来哥列"。信仅五六行，然夫人书写之费时两刻有余。顺便提及，

---

① Paraiso，天堂之意。——译者注
② Inferno，地狱之意。——译者注
③ Archangel，大天使之意。——译者注
④ Padre，神父、牧师之意。——译者注

奴家将此信交予"格来哥列"之际，一日本"伊留满"①郑重说道，通常而言，自裁为天主宗门所禁止，故秀林院夫人亦无法去往"帕拉伊索"。然若能作"弥撒"祈祷，则可弘扬功德，免堕恶道②。倘作"弥撒"，则需付一枚银币。

二十、敌人来袭应是亥时前后。按计划，河北石见守前门，稻富伊贺守后门，小笠原少斋守内宅。得知敌人临近，秀林院夫人遣阿梅召与一郎少夫人前来，但少夫人早已不知去向，仅留空屋一座。奴等闻言，心中皆大欢喜。然秀林院夫人甚为恼怒，对奴等说道："生前，家父乃惟任将军明智光秀，曾于山崎之战③中与太阁殿下④争夺天下；死后，母亲乃圣母'玛利亚'，长居'帕拉伊索'。不承想，竟因一介寻常大名之女，蒙受此等临终之辱。"其时夫人盛怒之失态，至今历

---

① Irmão，葡萄牙语，副神父。——译者注
② 宗教观念中，施恶行者死后所去世界，基督教中一般指地狱。——译者注
③ 1582年，丰臣秀吉（1537—1598）得知明智光秀发动本能寺之变，遂于山崎地区讨伐明智光秀。在该战役中获胜，为丰臣秀吉称霸天下奠定了基础。——译者注
④ 即丰臣秀吉打败明智光秀后，平定天下，1585年位至关白，1891年辞去关白，称"太阁"（摄政大臣）。1598年，丰臣秀吉于出兵侵略朝鲜期间病逝。——译者注

历在目。

二十一、不多时，小笠原少斋身着藏蓝铠甲、手提短柄弯刀至次间等候，欲待夫人自裁后为其断首。然其牙痛剧烈依旧，左颊浮肿，毫无武士之威严。少斋禀道："入夫人居室多有冒犯，故为夫人断首后，遂行切腹以谢罪。"此前确定由阿霜与奴家为二人送终，故此时众人皆已逃之夭夭，唯奴等二人留守于此。秀林院夫人见过少斋，谓之："断首之事，有劳。"事后听阿霜言，夫人自嫁入细川府以来，除夫妇、子女，从未得见其他男子，今日之少斋乃第一人。少斋于次间躬身启禀："大限时辰已至。"然因左颊浮肿，口齿不甚清晰，秀林院夫人亦不明其意，只得命其"大声禀报"。

二十二、其时，一年轻武士身着嫩绿铠甲、手提长刀跑入次间，禀道："稻富伊贺叛变，引敌由后门涌入，恳请夫人速作决断。"秀林院夫人以右手盘起长发，颇有慷慨赴死之气概。然一见此年轻武士，或因害羞之故，顿时满面通红直至耳根。此时夫人容颜之美，乃奴家一生仅见。

二十三、奴等走出府邸大门之时，屋内已然着火，屋外人多势众，于火光之中聚集。但此非敌，仅为观火灾而来。事后得知，敌人早在夫人临终前即偕同伊贺全身而退。谨此概述秀林院夫人临终之经过。

1923 年 12 月

文　章

"堀川君，你能不能帮忙写篇悼词？周六是本多少佐的葬礼，——到时候校长要念悼词，……"

藤田大佐对着正要走出食堂的保吉说道。堀川保吉在这所学校教学生英语翻译，但教书之余，他有时也不得不做些其他事，例如帮忙写悼词、编写教科书、帮忙修改在天皇面前演讲的稿子、翻译外国报纸上的新闻等等，而吩咐他做这些事的一般都是藤田大佐。大佐大概四十岁吧，皮肤微黑，面部肌肉松弛，似乎还有些神经质。二人走在微暗的走廊上，保吉落在大佐身后一步之遥，闻言不由得"哎呀"了一声：

"本多少佐去世了吗？"

大佐好像也挺意外，回过头看向保吉的脸。保吉昨天偷懒休息了，所以没看到本多少佐猝死的讣告。

"他是昨天上午去世的。听说是脑溢血……那个，请在周五之前写好给我，也就是后天上午之前啊。"

"好的，我写是会写，不过……"

藤田大佐立刻明白了他的意思，不等保吉说完，就抢先说道：

"我一会儿就把他的履历表拿给你，你写悼词时参考一下。"

"但他是个什么样的人呢？我对本多少佐也就只记得他的长相了，……"

"这个嘛，他是个很爱护兄弟的人吧，还有呢……还有就是，他一直都是集体里的老大。其他的，你就自由发挥你的文采吧。"

此时二人已经来到了科长室黄色的大门前。藤田大佐担任副校长一职,该职位又被称为"科长"。听他那么一说,保吉不得已只好放弃写悼词本应秉持的艺术良心了。

"那就写他天资聪颖、友爱兄弟,是吧?那我就尽量凑一篇吧。"

"那就拜托你了。"

告别了大佐,保吉没去吸烟室,而是去了空无一人的教官办公室。他的桌子右边靠窗,十一月的阳光正透过窗户照在他的桌上。他在桌前坐下,点上一支金蝙蝠[①]。截至今天,他已经写了两篇悼词了。第一篇是写给重野少尉的,死于盲肠炎。那时他刚来到这所学校,完全不了解重野少尉,连他长什么样都记不太清楚,但毕竟是第一次写悼词,多少还有些兴趣,便学着唐宋八大家的文章,起草了一些"悠悠白云"之类的句子。第二次应该是写给木村大尉的,死于意外

[①] Golden Bat,金蝙蝠,日本国产卷烟品牌,1906年发行,2019年停售。——译者注

溺水。因为他跟木村大尉每天都从同一避暑胜地乘火车到学校上班，因此能够真诚地表达出哀悼之情。但对这次的本多少佐，他仅在去食堂的时候看到过，只记得那张秃鹰般的脸。而且，如今他对写悼词已经毫无兴趣了。这要说起来，如今的保吉都快成为接受订单的葬仪馆了——精神生活上的葬仪馆，得奉命在某月某日几点前将灯笼和花圈给人送上门去——保吉嘴上衔着金蝙蝠，渐渐陷入了忧郁……

"堀川教官。"

保吉像从梦中突然惊醒一般，抬头看向站在桌边的田中中尉。田中中尉留着短短的胡须，双下巴圆圆的，看起来十分亲切。

"据说这是本多少佐的履历表，科长让我交给您。"

田中中尉把几张装订在一起的方格纸放到了桌上。保吉"噢"了一声算是回应，便没再说话，只是茫然地看向那几张纸。上面用密密的楷书罗列着任职的起讫年月。这不仅是一份履历表，更象征着天下所有官吏的人生，无论是文官还是武官……

"另外，我有个词语想向您请教一下，——不是海上用语，是小说里出现的词语。"

中尉掏出一张纸片，上面用蓝色铅笔写着一个外语单词：Masochism。——保吉一看，禁不住把视线转到了中尉红扑扑的娃娃脸上。

"就是这个吗？这是受虐主义……"

"是的，我在一般的《英和字典》上怎么都查不到。"

保吉面不改色，给他解释了一下"受虐主义"的意思。

"哎呀，是这个意思啊！"

田中中尉的脸上依旧保持着明朗的微笑。保吉觉得没什么比这自我满足的微笑更让人生气了，特别是现在，他恨不能将克拉夫特·埃宾[①]的所有词汇都砸在他的脸上。

"这个词的发明者，——那个，是叫马佐夫吧，他的小说好看吗？"

"啊，那书全是胡说八道。"

[①] 克拉夫特·埃宾（Krafft-Ebing, Baron Richard von，1840—1902），德国精神病学家，著有《性心理病理学》，引入了妄想狂、受虐狂等术语。——译者注

"可是，马佐夫这个人还算是个有意思的人物吧？"

"马佐夫吗？那个家伙可是个蠢货。听说，他积极倡导政府与其扩大国防开支，更应该出钱来保护私娼呢。"

田中中尉了解到了马佐夫的愚蠢后，才终于不再纠缠保吉。但是，马佐夫是不是真的更重视保护私娼而不重视国防计划呢，保吉对这一点其实也不是很清楚。估计他多半还是相当重视国防计划的吧，但如果自己不那么说，就无法让中尉这个乐天派牢牢记住变态性欲的可笑来历……

田中中尉走了之后，保吉又点上一支金蝙蝠，一边开始在室内慢慢踱步。如前文所言，他是教英语的，但这并非他的本职工作，至少他不相信这是他的本职工作。其实，作为一生的事业，他想从事文学创作。即使现在做了教师，他大致每两个月也会发表一篇短篇小说。其中一篇是将圣·克利斯朵夫[①]的传说改写成

[①] 西方宗教神话中的巨人，曾在河岸边渡旅者，也曾背基督过河，因此被视作旅行者和孩子的保护神。芥川龙之介有短篇小说名为《圣·克利斯朵夫传》。——译者注

了古日语翻译的《伊索寓言》那种风格的作品，前半部分正于本月刊登在某个杂志上，现在他必须要完成剩下的一半，以便下个月在这本杂志上连载。这个月已经是七号了，那下个月的截止日期就——现在可不是写什么悼词的时候了，他做工作一直很磨蹭，如今即使昼夜不停地赶稿，也不一定能按时完成了。想到这些，保吉越发觉得讨厌写悼词了。

此时柱子上的大钟静静地报了一下时，就跟苹果落到牛顿脚边一样，十二点半，距离保吉上课还须再等三十分钟。如果能在这段时间里写完悼词，那就可以避免在辛苦工作的当儿还要思考什么"不胜悲哀"了。不过，要在短短三十分钟里就写完这篇缅怀天资聪颖、友爱兄弟的本多少佐的悼词，着实有些强人所难。但如果遇到这点困难就屈服，那自称词汇丰富、上至柿本人麻吕下至武者小路实笃无所不知一事，就完全是自吹自擂了。保吉当即坐到桌前，拿起钢笔在墨水瓶里蘸一下，立刻就在试卷纸上奋笔疾书地写起了悼词。

本多少佐葬礼那天的天气真是名副其实的秋高

气爽。保吉穿一身夫拉克礼服①，头戴丝织礼帽，跟十二三个文职教官一起走在送葬行列的后排。走着走着，他忽然回头看了一眼，发现校长佐佐木中将以及藤田大佐等武官、粟野教官等文官都落在了自己后面。这让他大为惶恐，连忙对着身后的藤田大佐致意："您请前面走。"然而大佐只是说了一句"没事"，然后便很微妙地笑了起来。就在这时，正跟校长说话的短胡子教官粟野先生接过了话头，他微笑着，半真半假地提醒保吉说道：

"堀川君，按照海军的礼仪呢，越是位高权重的大官，越要走在后面，你可不能拖藤田君的后腿啊。"

保吉闻言，更加不安了。这么一说还真是，那个可爱的田中中尉等人就走在队伍的前列。保吉连忙大踏步走到中尉身边。田中中尉今天不像是来参加葬礼的，倒像是来参加婚礼的，竟欣喜地跟保吉聊了起来：

"今天天气真好啊。……您这是刚加入送葬队伍吗？"

---

① 男式长款西式礼服，上衣长及膝盖，双排扣，一般为黑色。——译者注

"不是，我一直跟在队伍后边的。"

保吉跟他说了一下刚刚发生的事。中尉闻言不禁笑了起来，那笑声大的，简直让人觉得破坏了葬礼的严肃气氛。

"您这是第一次来参加葬礼吗？"

"也不是，重野少尉和木村大尉的葬礼，我应该都参加了。"

"那时候您是走在哪儿的？"

"当然是远远跟在校长、科长等人后面了。"

"那样的话——就好像您是大将级别的了。"

送葬队伍走到了临近寺庙的街区。保吉和中尉继续聊着天，眼睛也没忘记扫视了一下出来看热闹的人群。这个街上的人自小就看惯了无数葬礼，因而产生了一种特殊才能，可以一眼就估算出葬礼的花费。事实上，在暑假开始前的一天，在给数学老师桐山教官的父亲送葬时，就有一个老人穿着短袖和服站在那家屋檐下，手上拿个团扇遮住太阳，嘴上说了一句"啊啊，这丧事大概要十五日元吧"。今天也——今天不像那天，也没人出来露一手。不过，神道教大本教派①的神官竟然把自家得了白化病的孩子扛在肩头招摇过市，至今想来，也算是一大奇观了。保吉想着哪天要以《葬礼》为题写个短篇，写写这个街上的人。

"您这个月好像写了一篇小说叫《圣·克利斯朵夫传》吧。"

热情的田中中尉嘴巴一刻不得闲。

"报纸上已经有评论出来了。今天早上的《时事新闻》，——不对，是《读卖新闻》。回头我拿给您看看吧，我放在外套口袋里了。"

"不用了，没那个必要。"

"您好像不写评论吧，我还在想着能不能写一篇评论，例如莎士比亚的《哈姆雷特》，评论一下那个哈姆雷特的性格之类的……"

保吉恍然大悟，世上之所以充满了批评家，或许并不是偶然现象。

送葬队伍终于进了寺门。这座寺院后面是一片松

---

① 大本教，日本神道教的一个流派。——译者注

林，从那儿能俯瞰风平浪静的大海。这儿平时应该是很清静的吧，但今天庙门里挤满了学生，后面又跟着送葬队伍。保吉在禅房门口脱下新买的漆皮鞋，穿过阳光明媚的长廊，来到铺满新草席的观礼席。

观礼席对面是家属席。坐在最前面的大概是本多少佐的父亲吧，同样长着一张秃鹰似的脸，但留有一头银发，让他看上去比儿子更为彪悍。坐在他旁边的大学生肯定是少佐的弟弟，第三个是他妹妹吧，但跟他们家人比起来，女孩长得也太漂亮了。第四个是——总之，从第四个开始，后面的人好像就没什么特别的了。这边的观礼席区，坐在最前面的是校长，然后是科长，保吉正好坐在科长的正后方——观礼席的第二排。但他并不像科长和校长那样跪坐得那么端正，而是盘着腿，这样可以避免双腿发麻。

很快，和尚开始念经了。保吉很喜欢听念经，各宗派的都行，就像爱听艳曲一样。但很可惜的是，东京以及东京附近的寺庙如今已经不太会念经了。听说以前金峰山的藏王菩萨、熊野的权现菩萨、住吉的明神菩萨等，都在法轮寺齐聚一堂，听高僧道明阿阇梨念经。然而，随着美国文化传入日本，那种玄妙的念经声也从人间永远消失了。现在和尚们正在念提婆品[①]还是什么经，那四个徒弟就不用说了，就连戴着近视眼镜的住持也像是在背教科书一样。

念经告一段落，校长佐佐木中将站起身来，慢慢走向少佐的灵柩。灵柩停放在正殿的入口处，上面覆盖着白绫，正对着佛坛。灵柩前的桌上陈设着塑料莲花和蜡烛,烛火正随风摇曳,中间还摆放着一个勋章盒。校长首先对着棺木鞠了一躬，然后打开了左手上拿着的大幅的悼词。悼词当然就是保吉前两天写的那篇"名文"。称之为"名文"，保吉也没觉得有什么不好意思，他的神经就像老旧的磨刀皮，早就被磨薄了。唯一让他感到不愉快的是，在这场葬礼喜剧中，他自己被迫担任了悼词作者这一角色，——或者更准确地说，他被迫看清了这一真相。在校长清嗓子的同时，保吉不由得低下头看向自己的膝盖。

校长沉静地朗读了起来，声音略显沙哑，哀伤之

[①] "提婆达多品"，《法华经》第十二品。——译者注

情溢于言表，甚至超过了悼词本身，根本听不出是由他人代笔的。保吉暗暗佩服校长的表演才能。正殿里鸦雀无声，人们甚至很少会动一下身子。校长继续沉痛哀悼，终于读到了"你天资聪颖、友爱兄弟"。就在此时，突然从家属席传出某人咻咻的笑声，而且还越笑越大声。保吉心里一惊，视线越过藤田大佐的肩膀看向对面，想看看到底是谁。然而这时他才发现，他原以为的那个有失体统的笑声原来却是哭声。

发出声音的是少佐的妹妹，长得花容月貌，梳着旧式的束发，低着头，正用手帕遮着脸。不光是她，少佐的弟弟——那个看起来有些粗鲁的大学生，也在抽抽嗒嗒地哭着，就连老人也在不停地拿纸巾忧伤地擦着鼻子。面对眼前的场面，保吉先是感到特别惊讶，紧接着又产生了一种成功打动了观众的悲剧作者般的满足。但最后，他感到了一种比之前更沉重、更难以言表的愧疚，因为他沾满泥巴的双脚在不知不觉中踏进了别人尊贵的心灵深处，即使想道歉也无法道歉。面对这种愧疚感，保吉在时长一个小时的葬礼中第一次有些失落地低下了头。本多少佐的家人肯定不会知道有一个他这样的英语教师，但保吉心里一直在想象穿着小丑服的拉斯柯尔尼科夫①，他在七八年后的今天，依然独自跪在泥泞的道路上，诚恳地请求大家的原谅……

葬礼那天的傍晚时分，保吉下了火车，穿过避暑胜地连绵的竹篱间的小路，走向自己位于海边的出租屋。道路狭窄，他的鞋底沾满了潮湿的沙子。不知何时雾霭也退去了，篱笆间松树丛生，透过松枝间的缝隙能看到蓝天，还能闻到淡淡的松脂香。保吉一路低着头，对四周的静谧显得漫不经心，只是信步朝着海边走去。

在从寺院返回的途中，他跟藤田大佐走在一起。大佐夸赞了他写的悼词，还进行了点评，认为他用"倏然玉碎"一词来概括本多少佐之死甚为贴切。虽是三言两语，但保吉刚看过少佐的家人伤心落泪的场面，大佐的话已足以触动他的内心。乘上火车后，热情的田中中尉又给他看了《读卖新闻》上刊登的那篇评论他小说的文

---

① 陀思妥耶夫斯基（1821—1881）的长篇小说《罪与罚》中的主人公，因杀人而受惩罚。——译者注

章。写评论的正是当下文坛的风云人物Ｎ氏，他先是劈头盖脸地一顿狠批，再给了保吉致命一击："文坛无需海军某某学校教官的业余消遣！"

写一篇悼词不到半小时，却意外地打动人心；写一篇小说熬了几个晚上，在灯光下反复推敲，自以为会打动人，结果连十分之一的效果也没有。当然，他可以对Ｎ氏的评论一笑置之，但他目前所处的位置却不允许他置之不理。他的悼词大获成功，小说却一败涂地。如果站在他的角度设身处地地想想，这一事实确实令人沮丧。命运到底何时才能给他的这一出悲伤的喜剧落下帷幕呢？……

保吉忽然抬头望向天空，透过松枝交错的缝隙，能清晰地看到一轮暗淡无光的红铜色月亮。他仰望着月亮，渐渐有了尿意，所幸四下空无一人。道路两侧仍是寂静的竹篱笆，他在右侧的篱笆下寂寞地尿了很久。

然而还没尿完，就见眼前的篱笆突然"吱嘎"一声被人朝后拉开了。他原以为是道篱笆，没想到却是个像篱笆一样的木门，紧接着从木门里走出来一个蓄着小胡子的男人。保吉无法可想，只能尽量缓慢地侧过身子，硬着头皮尿完。

"真让人头疼啊！"

男人嘟囔了一句，那声音就像无法可想的人是他自己一样。保吉听着这声音，蓦地发现天已经全黑了，几乎看不到自己在小便。

1924 年 3 月

一封旧信

这封旧信我是从日比谷公园的椅子下捡到的,写在几张洋纸①上。当时我还以为是从自己兜里掉出来的,可后来掏出来一看,才发现是一个年轻姑娘写给另一

---

① 旧时指从国外进口的纸张,比日本传统的纸张更光滑。——译者注

个年轻姑娘的信。毋庸置疑,我对这封信很好奇。而且,我还无意中瞄到一行字,别人怎样我不知道,但对于我来说绝对无法忽视。——

"至于芥川龙之介,就是个大笨蛋。"

正如某位批评家所言,我对"自己的作家身份充满了怀疑,几乎随时可能终结"。尤其是对自己的愚蠢,我比任何人都要怀疑。所以她说什么"至于芥川龙之介,就是个大笨蛋",这简直是信口开河。我强压着心头的怒火,决定暂且先看一下她的依据。下面就是我照抄的那封旧信,只字未改。

"……我的生活太无聊了,简直无法形容。毕竟这儿是九州的小地方。没有戏剧,没有展览会(你去春阳会①了吗?要是去了,下次告诉我一下。我觉得自己好像比去年好多了),没有音乐会,也没有演讲会,根本没有可去的地方。而且,我们这儿的知识分子,

---

① 美术团体之一。1922年由小杉放庵等日本美术学院西洋画系的画家及岸田刘生、梅原龙三郎等人创立。1923年以后,每年春天都举办展览会。——译者注

充其量也就是看看德富芦花①。昨天我跟女校时的朋友聚了一下，她们说最近才知道有岛武郎②。你想想，这有多让人丧气。所以我现在也跟别人一样，做做衣服，做做饭，弹弹妹妹的风琴，看看以前看过的书，一天到晚窝在家里，糊里糊涂地打发日子。唉，借用你的话说，就是很ennui③的生活。

"如果只是这样倒还好，但时不时还有些亲戚来给我提亲。什么县议会议员的大儿子啦，矿主的侄子啦，光照片我就看了十来张了。对了，里面还有那个去了东京的中川的儿子呢。我以前告诉过你吧，他跟一个咖啡馆女招待还是什么女人在大学校园里牵手散步——那家伙是个高材生，很出名的。这不是把人当傻子吗？所以我就这么回复他们：'我也不是说我不结婚，但我要结婚的话，我更相信自己的判断，而不是听信别人的判断。当然，我将来幸不幸福，也由我

---

① 德富芦花（1868—1927），日本近代小说家、散文家，代表作有《不如归》《黑潮》等。——译者注
② 有岛武郎（1878—1923），日本近代小说家，白桦派代表人物，代表作有《一个女人》《给幼小者》等。——译者注
③ 法语，倦怠、无聊的意思。日文原文用于形容19世纪末欧洲颓废派文学。——译者注

自己一个人负责。'

"不过，明年我弟弟就要从商科大学毕业了，妹妹在女子大学也要读大四了。仔细想来，我觉得自己很难坚持不结婚。在东京的话，不结婚也没什么吧。但在这个城市，不仅没人理解你，别人可能还会觉得我不嫁人就是为了妨碍弟弟、妹妹的婚事。被人这么说，你想想，我怎么受得了啊！

"我不像你能教钢琴，也知道以后除了结婚别无选择，但我也不能随便就跟哪个男人结婚啊。可在这个城市，别人会说那是因为我'理想太高'。'理想太高'！'理想'这个词也真是可怜呢，在这个城市，人们只会把这个词用到丈夫候选人身上，而且还得是个很出色的候选人。真想让你见识见识啊。要不给你举个例子吧。县议会议员的大儿子，好像是在银行还是哪儿工作。那人是个严格的清教徒。清教徒也没什么，但他连屠苏酒①都不能喝，却去当什么禁酒会的干事。一个天生不会喝酒的人去参加禁酒会，你说好笑不好

---

① 屠苏酒原是我国古代春节时喝的酒，传入日本后，也成为日本人庆祝新年时喝的酒。——译者注

笑？可就是这么一个人，听说他还在正经八百地做什么禁酒演讲呢。

"当然了，我也不是说所有候选人都是白痴。我父母最中意的那人是个电灯公司的技师还是什么，总之似乎的确受过良好的教育，脸乍一看有点像克莱斯勒①。这人姓山本，难得的是，据说他正在研究社会问题，但他对艺术、哲学什么的完全没有兴趣。还有，他的爱好居然是射箭和唱大阪琴书②。不过可能他也觉得大阪琴书不是什么像样的爱好吧，所以在我面前只字不提。然而，有次我用留声机给他放加利·库尔奇③和卡鲁索④的唱片，他却一不留神说漏了嘴，问我'有没有虎丸⑤的唱片'。还有更可笑的呢。从我家二楼不是能看见最胜寺的塔嘛，在彩霞的映照下，塔尖的九

---

① 弗里兹·克莱斯勒（Fritz Kreisler，1875—1962），美国籍奥地利著名小提琴家及作曲家。1923年，克莱斯勒赴日举行访问演出，对当地绘画与音乐作品产生极大兴趣。——译者注
② 江户末期在大阪地区发展起来的一种三弦伴奏的民间说唱曲艺，主要以通俗易懂的曲调说唱故事。——译者注
③ 加利·库尔奇（1882—1963），意大利女高音歌唱家。——译者注
④ 恩里科·卡鲁索（1873—1921），意大利男高音歌唱家。——译者注
⑤ 鳖甲斋虎丸，大阪琴书名家。艺名师徒相承，至今有五代，初代（1854—1894）活跃于19世纪末。——译者注

环还会发出光芒,那景象,就连与谢野晶子[1]都想歌咏吧。有天那个叫山本的来我家玩,我就带他到二楼看塔了。我问他:'山本君,你看见塔了吧?''啊,看见了,大概有几米高啊?'他说着就认真思考了起来。虽然我刚刚说他不是白痴,但从艺术上来讲,他真是很白痴呢。

"懂点艺术的倒是我一个表哥,叫文雄。他最近在看永井荷风、谷崎润一郎等人的作品。但和他多聊几句就会发现,他跟预想的不一样,依然是个小地方的文学爱好者。比如说,他居然认为《大菩萨岭》[2]那样的小说也是绝世佳作。光是这些倒没什么,但他还是个人尽皆知的浪子。因为这个,就连我爸都说他可

---

[1] 与谢野晶子(1878—1942),日本近代女诗人、作家,代表作有《乱发》《你不要死》等。——译者注
[2] 中里介山(1885—1944)的长篇历史小说,从1913年起开始在《都新闻》《每日新闻》《读卖新闻》等报刊上连载《大菩萨岭》,一直持续到1941年,最终仍是未完之作。——译者注

能会被判禁治产①。所以，我父母从来就没觉得他有资格跟我结婚。只有我这个表哥的爸爸，也就是我舅舅，他想让我当他的儿媳妇。但他也不能明说，只是暗地里这么打算吧。你再听听他说的话：'要是你能嫁到我们家，就能让那小子改邪归正了。'天下当父母的都是这样吗？即便如此，他也太自私了吧！照他的想法，其实不是要让我做表哥的媳妇，而是把我当作制止他儿子游手好闲的工具。真是气得我说不出话来。

"我想来想去，觉得我之所以找不到结婚对象，全赖日本小说家太无能了。作为一个受过教育的进步女性，很难选择缺乏修养的男人做丈夫——这肯定不是我一个人遇到的难题，全国各地应该都有。然而，却没有一个日本小说家为这些女性写点什么，更无人告诉我们应该如何解决这一难题。其实，如果不想结婚，最好的办法就是不结，但若是不结，在我们这个城市

---

① 禁治产就是禁止民事主体处理自己的财产，是民法上对自然人行为能力进行限制的重要制度。按照民法的一般原则，已达到法定的成年年龄并且精神正常的自然人都应具有完全行为能力，但在一定情形下，即"对于心神丧失或精神耗弱，以致不能处理自己事务的人，法院可以根据一定人的申请，宣告禁治产。受此宣告之人，为禁治产人"。——译者注

就会遭到铺天盖地的闲言碎语。即使没人责难，女人总得养活自己吧，可我们受过的教育哪能让我们自食其力呢？我们学的那点外语连家教都当不了，靠我们学的那点编织手艺连房租都挣不到。到头来，我们还是只能跟自己瞧不上的男人结婚。我觉得即使这样的事不稀奇，也仍是个大悲剧。（其实，如果真的不是什么稀罕事，那才更可怕，不是吗？）名义上叫结婚，实际上跟妓女卖身并无区别。

"不过，你跟我不一样，你能自己独立生活，这是最让我羡慕的。不，其实我也没有奢望能像你那样。昨天我跟妈妈一起去买东西，看到一个比我还年轻的姑娘在打日文打字机，我觉得即使是她也比我幸福多了。对了，你好像最不喜欢感伤主义了，那我就停止哀怨吧……

"可是，我还是要骂日本小说家无能。我最近重读了一遍以前看过的书，思考如何解决结婚难的问题。但我发现，竟没有一个人肯为我们说话。仓田百三、菊池宽、久米正雄、武者小路实笃、里见淳、佐藤春夫、吉田宫二郎、野上弥生子——无一不是瞎子。其实这些人还算是好的,尤其是芥川龙之介,简直是个大笨蛋。你是不是说你没看过他的《六宫公主》那部短篇小说?(作者注:我想继承京传和三马[①]的传统,借此机会打个广告:《六宫公主》收录在短篇小说集《春服》中,发行商是东京春阳堂)他居然在那部作品中骂那个懦弱的公主。确实,都说意志薄弱的人比罪犯还不如,可我们所受的教育根本无法让我们独立生存,就算我们有无比强烈的意志,也没有实现的手段啊。我觉得六宫公主肯定也是这种情况,但芥川却自以为是地骂她,可见他何其浅薄。读这部作品也让我前所未有地蔑视他……"

写这封信的女士不知是哪里人,但她显然是个对什么都一知半解的感伤主义者。她与其这样来抒发感情,还不如试着离家出走,去打字学校学习,那样才是最好的选择。至于她说我是大笨蛋,那也只能让我

---

① "京传"是指山东京传(1761—1816),江户时代的洒落本、读本小说家,浮世绘画家,通称京屋传藏,代表作有《忠臣水浒传》等。"三马"是指式亭三马(1776—1822),江户时代的洒落本、滑稽本小说家,代表作有《浮世澡堂》《浮世理发馆》等。——译者注

瞧不起她，但我对她还真是有点同情。虽然她不停地发牢骚，但她终究还是要跟那个电灯公司技师或其他什么人结婚吧。结婚以后，她就会渐渐变成一个普通的家庭主妇，或许还会听听大阪琴书，也会忘记最胜寺的塔，然后像猪一样生很多孩子。——我把这封旧信扔进了抽屉深处，那儿还有我自己的梦想以及几封旧信，它们会一起渐渐发黄……

1924 年 4 月

恋爱至上

在某妇女杂志社的会客室。

主笔①四十岁左右,是个胖墩墩的绅士。

堀川保吉三十岁左右,在主笔的衬托下,越发显

---

① 报社或杂志社的首席记者、首席评论员,负责撰写社论等重要文章。——译者注

得消瘦——很难用一句话来形容,但有一点可以确定,就是很难称其为"绅士"。

主笔:这次可以请您为我们杂志写篇小说吗?如今读者的要求都很高,一般的恋爱小说很难让他们满意……所以,想请您写一篇反映更深刻的人性的、严肃的恋爱小说。

保吉:可以啊。说实话,我最近正准备给妇女杂志写篇小说。

主笔:是吗,那太好了。如果您能写,我们会登报大力宣传的,例如"堀川氏新作,哀婉至极的恋爱小说"之类的。

保吉:"哀婉至极"?可我的小说叫《恋爱至上》啊。

主笔:这么说是赞美恋爱啊,那就更好了!自此厨川博士[①]的《近代恋爱观》发表以来,一般青年男女都崇尚恋爱至上主义了……不用说,您要写的是现代恋爱吧?

---

① 厨川白村(1880—1923),日本文学评论家。著作有《苦闷的象征》《近代文学十讲》《印象记》等。——译者注

保吉：这个，就不太好说了。现代悬疑、现代盗贼、现代染发——这些东西好像确实是存在的，但唯独恋爱，从古代的伊邪那岐、伊邪那美①以来，似乎就没什么变化。

主笔：只是从理论上而言。例如三角恋什么的，就是现代恋爱的一种，至少从日本的现状而言是这样。

保吉：啊，三角恋吗？那我的小说中也有三角恋……我把大致的情节说一下吧？

主笔：那最好不过了。

保吉：女主人公是位年轻太太，外交官夫人。不用说，他们住在东京山手一带的公馆。她身材苗条，举止优雅，头发总是——读者究竟希望女主人公梳什么发型呢？

主笔：遮住耳朵的吧。

保吉：那就遮住耳朵吧。她的头发总是遮住耳朵，皮肤白皙，眼睛分外清澈，嘴唇有些特别——若是拿电影明星来比的话，就像栗岛澄子②。她的外交官丈夫

---

① 日本神话中的父神与母神。——译者注
② 栗岛澄子（1902—1987），日本早期著名电影明星。——译者注

也是个新时代法学系毕业生,并非新派悲剧中那种不懂道理的人。他是个皮肤微黑的美男子,读大学期间是个棒球手,业余爱好是看小说。这对新婚夫妇在山手的公馆幸福地生活着,有时也会一起去听音乐会,也会去银座大街散步……

主笔:这肯定是大地震前[①]的事吧?

保吉:对,距离大地震还很早。……他们有时也会一起去听音乐会,也会去银座大街散步,或者就在西式房间的灯光下相顾无言地微笑。女主人公将这西式房间称为"我们的窝",墙上挂着雷诺阿、塞尚等的仿制画。钢琴乌黑锃亮,盆栽椰树枝繁叶茂。总之,还是挺雅致的,但房租却相当便宜。

主笔:不需要这些说明吧,至少小说正文中不需要吧。

保吉:不,还是必要的,因为年轻外交官的月薪是有限的。

主笔:那就把他设定为贵族子弟吧。如果是贵族

---

① 1923年,日本关东地区发生了7.9级大地震。——译者注

的话，一般就是伯爵或子爵吧，不知为何，小说中好像很少出现公爵和侯爵。

保吉：可以设定为伯爵的儿子。总之，只要有西式房间就行，因为我想在第一章写西式房间或银座大街或音乐会。……但妙子——这是女主人公的名字——自从跟音乐家达雄成为朋友后，便渐渐感到某种不安。达雄爱着妙子——女主人公的直觉告诉她。不仅如此，这种不安还与日俱增。

主笔：达雄是个什么样的人？

保吉：他是个音乐天才，是把罗曼·罗兰笔下的约翰·克里斯朵夫和雅各布·瓦塞尔曼笔下的丹尼尔·诺特哈夫特合为一体的天才。但因为贫穷等原因，还没有获得外界认可。我打算以我一个音乐家朋友为原型。不过我朋友很英俊，可达雄不是。他是个东北糙汉，脸乍看像大猩猩，只有眼睛闪烁着天才的光芒。他的眼中像有一团炭火，在持续不断地孕育能量。——就是那样一双眼睛。

主笔：天才肯定受欢迎吧。

保吉：但妙子对自己的外交官丈夫并没有不满。不，甚至比以前更热烈地爱他。丈夫也信任妙子。不用说，这让妙子越发觉得痛苦。

主笔：我说的现代恋爱就是这种。

保吉：每天只要一开灯，达雄就会出现在西式房间。如果丈夫在家，妙子倒没什么难受的；可她一人在家时，达雄还是照来不误。妙子无奈，只好让他一直弹琴。不过，即便丈夫在家，达雄基本上也都是坐在钢琴前。

主笔：他们在此期间陷入恋爱了吗？

保吉：不，没那么简单。但二月的某天晚上，达雄突然弹起了舒伯特的《致西尔维亚》，那是一首热情似火、激情洋溢的曲子。妙子在宽大的椰树叶下侧耳倾听，渐渐感到了自己对达雄的爱，也感到有种金色的诱惑浮现在眼前。再过五分钟——不，只要再过一分钟，妙子可能就已投入达雄的怀抱了。然而——就在曲子刚要结束时，恰巧她丈夫回来了。

主笔：然后呢？

保吉：大约一周后，妙子终于难忍痛苦的折磨而决定自杀，可正好有孕在身，又没有勇气实行。于是，她将达雄爱她一事如实告诉了丈夫,但怕丈夫伤心,所以隐瞒了自己对达雄的爱。

主笔:之后他们要决斗什么的吗?

保吉:不,只是在达雄来访时,妙子丈夫冷淡地拒绝了他。达雄无言地咬着嘴唇,凝视着钢琴。妙子站在门外,强忍着哭泣。——又过了不到两个月,妙子丈夫突然接到任命,要去中国汉口领事馆赴任。

主笔:妙子也一起去吗?

保吉:当然一起去。但她在出发前给达雄写了一封信。"我理解你的心意,但我真的无能为力,彼此认命吧。"——大致是这个意思吧。此后至今,妙子再也没见过达雄。

主笔:那小说到此结束了吧?

保吉:不,还有一点。妙子到汉口后,有时还会想起达雄。不仅如此,她后来甚至觉得,相比丈夫,自己更爱达雄。您明白吗?妙子面对的是汉口寂寞的风景,就是唐朝崔颢的诗中所描写的那种:"晴川历历汉阳树,芳草萋萋鹦鹉洲。"终于,妙子再次——时隔一年后——给达雄写了一封信。"我曾经爱过你,如今依然爱着。请可怜我这自欺欺人的人吧！"——信的内容大致如此。收到信的达雄……

主笔：他立刻去中国了吧？

保吉：那不可能。为了谋生，他正在浅草一家电影院弹钢琴呢。

主笔：这有点扫兴啊！

保吉：扫兴也没办法。达雄是在城郊一家简易咖啡馆的桌前打开妙子的来信的，当时窗外下着雨，他失神地盯着信，仿佛在字里行间看到了妙子家的西式房间，看到了钢琴盖上映照着的灯光里的"我们的巢"。

主笔：好像缺了点什么，但仍不失为近来的佳作。请一定要写下这部作品。

保吉：其实还有一点没讲完。

主笔：哎？还没结束吗？

保吉：是的，过了一会儿，达雄笑了起来，然而马上又气得大骂了一声"他妈的"。

主笔：哈哈，是发疯了吗。

保吉：不，是太荒唐了，让他有些气急败坏。是该气急败坏吧,因为达雄从来没爱过妙子。……

主笔:但是,如果是那样……

保吉:达雄去妙子家只是因为想弹琴。也就是说,他只是爱钢琴而已。因为他太穷了,没钱买钢琴。

主笔:可是,堀川先生……

保吉:不过,对达雄来说,以前能在电影院弹钢琴的时光还算是幸福的。最近发生大地震后,他就做了巡警。在护宪运动爆发时,他还遭到了善良的东京市民的群殴。只有在山手一带巡逻,偶尔听到钢琴声时,他才会在那户人家外面驻足不前,沉浸在虚幻的幸福中。

主笔:要是这样的话,好不容易创作的小说……

保吉:那个,且听我说。妙子在此期间仍在汉口的家中思念着达雄,不,不仅是汉口。因为外交官丈夫的工作调动,她也到过上海、北京、天津等地,唯一不变的是对达雄的思念。当然,到大地震发生时,她已是好几个孩子的母亲了。嗯——上面两个孩子相差一岁,后面是一对双胞胎,那就是四个孩子。而且,她丈夫也不知在什么时候成了个酒鬼,妙子自己也胖成了球，即便如此，她一直觉得只有达雄才是真正和她相爱的人。恋爱确实是至高无上的啊。若非如此，人不可能像妙子那么幸福，至少无法坦然面对人生的泥泞吧。——你觉得怎么样，这样的小说？

主笔：堀川先生，你是认真的吗？

保吉：嗯，当然是认真的。请看看世间的恋爱小说，女主人公不是玛利亚，就是克利奥帕特拉①，但现实中的女主人公未必是贞女，也未必是荡妇。如果善良的读者，哪怕只有一人，把那种小说当真，结果会怎样？恋爱顺利自然另当别论，可万一失恋了，肯定要么愚蠢地牺牲自己，要么更愚蠢地进行报复。而且，当事人还自以为是什么英雄主义行为。可是，我的恋爱小说一点都不会传播这种坏影响。而且，我还在结尾处赞颂了女主人公的幸福。

主笔：你是开玩笑吧……总之，我们杂志是绝不能刊登这样的小说的。

保吉：是吗？那我请其他杂志刊登。大千世界，

---

① 克利奥帕特拉七世（约前70—前30年），通称为埃及艳后，是古埃及的托勒密王朝最后一任女法老。——译者注

肯定至少有那么一本妇女杂志是赞同我的想法的吧。

保吉猜对了,证据就是,他们的对话登在了这里。

1924 年 3 月

少　　年

⌐ 一　圣诞节 ¬

去年圣诞节下午，堀川保吉在须田町的街角乘上了开往新桥的公交车。他倒是有个座位，但车厢里跟往常一样挤得无法动弹。不仅如此，东京的马路在大地震之后也变得颠簸不堪。保吉跟平时一样把揣在兜里的书拿了出来。然而，车还没到锻冶町，他就放弃了看书的念头。想在这样的车里看书堪比创造奇迹，但创造奇迹并非他的工作，那是古代西方的一个头顶圣光的圣人的工作——不，坐在他旁边的那个天主教传教士此刻就在创造着奇迹。

他浑然忘我地看着一本横版的小字书，是个五十来岁的法国人，戴着金属框的夹鼻眼镜、鸡冠色的红脸、留着短短的胡子。保吉侧目瞄了一眼那书，Essai sur les[①]……后边是什么看不清。不过，且不论内容是什么，泛黄的书页上印着那么小的字，根本无法像看报一样阅读。

保吉对那个传教士产生了一丝敌意，开始胡思乱想起来。——有一群小天使守护在传教士周围，确保他能好好看书。当然，异教徒乘客没人能看见小天使。有五六个小天使在传教士宽大的帽檐上倒立、翻跟头，玩着各种把戏。还有五六个小天使挤

---

① 法语，"关于……"——译者注

在传教士的肩膀上，一边张望乘客的脸，一边聊着天堂的琐事。哎呀，有个小天使从传教士耳朵里探出了脑袋。还有，他鼻子上也有一个，正得意地骑在夹鼻眼镜上……

公交车在大传马町站停了下来，有三四个乘客开始下车。传教士不知何时把书放在了腿上，正朝着窗外四下张望。下车的乘客一下完，一个十一二岁的女孩就先上了车。她穿着粉色的洋装，淡蓝的帽子靠后戴着，看起来有些高傲。女孩抓着车中央的黄铜立杆，四下张望两边的座位，但不巧没一个空位。

"小姐，坐这儿吧。"

传教士抬起沉重的身子。他的日语说得很好，只是带点儿鼻音。

"谢谢。"

女孩和传教士交换了位置，坐到了保吉旁边，然后又说了声"谢谢"，声音抑扬顿挫，就跟她的表情一样，带着点高傲。保吉不禁皱起了眉头。人们一直相信，小孩——特别是女孩，就跟两千年前的今天出生在伯利恒的婴儿①一样纯洁无邪。但根据他的经验，小孩里也不是没有坏小孩。将所有一切神圣化，是世上普遍存在的感伤主义。

"小姐多大了？"

传教士微笑着俯视女孩的脸。她已经把毛线团放在腿上，像要织一圈一样，翻动着两根毛线针。她的眼睛紧盯着针尖，同时娇媚地回答道：

"我吗？我明年十二岁。"

"您今天是要去哪儿呀？"

"今天？我现在正要回家呢。"

在他们说话的当儿，公交车正行驶在银座大街上。不过，与其说是行驶，不如说是蹦跳，那情形简直跟耶稣在加利利海遇到风暴时所乘的船②差不多。传教士把手绕到身后抓着黄铜立杆，但个子太高，

---

① 伯利恒是巴勒斯坦中部城市，耶稣降生地，是犹太教与基督教圣地。此处"婴儿"指的是耶稣。——译者注
② 加利利海是以色列最大的淡水湖，《圣经》中记载的耶稣所行的神迹大都发生在此地。其中有一则"耶稣平息风浪"的故事：耶稣与门徒一同乘船横渡加利利海，海上忽然起了暴风，船被波浪掩盖，耶稣在睡觉，门徒叫醒他，耶稣于是起来斥责风和海，风和海就大大地平静了。——译者注

脑袋好几次都差点撞到车顶。但他似乎把自身安危都托付给了上帝,脸上始终保持着微笑,继续跟女孩聊天。

"您知道今天几号吗?"

"十二月二十五号吧。"

"对,是十二月二十五号。小姐,您知道十二月二十五号是什么日子吗?"

保吉又皱起了眉头。传教士这是要把话题巧妙地转移到传教上去了。伊斯兰教传教是一手持《古兰经》、一手执刀剑①——手执刀剑这一点勉强也可算是显示了人与人之间的尊重和热情吧,但天主教传教却根本不尊重对象,他们只会彬彬有礼地告诉你神的存在,就像告诉你旁边开了一家洋装店。如果你还不懂,他们就会提议免费教你外语,代价是向你兜售信仰。特别是对少年少女,他们会一边送小人书和玩具,一边暗中把孩子们的灵魂诱拐到天国去,这种行为无疑是犯罪。保吉旁边的女孩也——她还是一边织着毛线,一

---

① 比喻伊斯兰教传教具有文明与暴力的两面性。——译者注

边不慌不忙地答着话：

"嗯，我知道啊。"

"那今天是什么日子？您要是知道的话就告诉我。"

女孩终于抬起如水的眼眸看向传教士：

"今天是我的生日。"

保吉不由得瞠目看向女孩。她已经又把视线转移到毛衣针上去了，但她的表情，怎么说呢，已经不像他之前想的那样高傲了，不，应该说可爱中闪耀着智慧的光芒，比起少女玛丽亚也毫不逊色。保吉突然发现自己正在微笑。

"今天是您的生日？！"

传教士突然笑了。这个法国人笑起来的样子就像日本传说故事中讲的好心巨人。女孩有些莫名其妙地再次看向他，不只是她，还有紧挨着她的保吉以及两边的男女乘客，大家都把目光集中到了传教士身上。只是他们眼中既没有疑惑，也没有好奇，所有人都洋溢着微笑，他们都理解传教士为什么突然大笑。

"小姐，您出生的日子真是太好了。今天是一年里最好的生日，是全世界都庆祝的生日。您将来——我是说等您长大后，肯定会……"

传教士停顿了一下，一边环视四周，然后跟保吉目光相接。透过夹鼻眼镜，能看到他的眼中闪耀着喜悦的泪光。保吉从他充满幸福的褐色眼睛里感受到了圣诞节所有的美好。女孩——她大概也意识到传教士发笑的原因了，有些别扭似的故意晃起腿来。

"您肯定会成为一个贤妻良母的。再见了，小姐。我要下车了。再见……"

传教士跟之前一样环视了一下周围的乘客。公交车正好停在了人潮汹涌的尾张町路口。

"各位，再见了。"

几个小时后，保吉在尾张町一家临时搭建的咖啡馆的角落里再次想起这件小事。此刻电灯已经点亮，那个胖墩墩的传教士在做什么呢？那个跟耶稣同一天生日的女孩可能在晚餐时跟父母讲述今天白天发生的事吧。二十多年前，保吉也曾拥有过小小的幸福，就跟那个尚不知人间疾苦的女孩一样，或跟那个在和小女孩的对话中忘却人间疾苦的传教士一样。那时候，他曾在大德院庙会上买过葡萄团子①，也曾在二州楼的大厅里看过电影……

"本所、深川②一带还是废墟呢。"

"哎，是吧。那吉原③那边儿怎么样了？"

"你问吉原啊？——我听说浅草那儿最近都有贵族小姐出来卖淫了。"

邻桌的两个商人正在聊着天。但对他来说，那些都无所谓。咖啡馆中央装饰着一棵圣诞树，松枝上点缀着棉花，挂着圣诞老人玩偶、银色的星星等。煤气暖炉里火光通红，映照着圣诞树。今天是值得庆祝的圣诞节，是"全世界都庆祝的生日"。桌上放着饭后红茶，保吉心不在焉地抽着烟，回想着二十年前自己在隅田川对岸出生时的幸福时光。……

---

① 日本香川县的特色点心团子，因形状大小像葡萄，故称葡萄团子。——译者注
② "本所"与"深川"原为东京旧区，二者邻近，现"本所"属于墨田区，"深川"属于江东区。——译者注
③ 旧东京台东区的红灯区。——译者注

下面的几篇小散文记录的就是保吉在一支烟的工夫里掠过心头的几件往事。

二 路上的秘密

这是保吉四岁时的事。那天他和一个叫阿鹤的女佣一起经过一条大水沟边上的马路。大水沟里的水黑沉沉的，对岸就是著名的"御竹仓"竹林，也就是后来的两国停车场。本所一带有七桩奇闻，其中之一是狸猫唱小曲儿，听说在这个竹林里就能听到。不记得是听谁说的了，反正保吉相信，在那儿不仅能听到狸猫唱小曲儿，那儿还有"放下池塘"[①]和"片叶芦苇"[②]。然而，现在那片竹林让人觉得瘆得慌，狸猫好像被赶走了，只有枯黄的竹叶在阳光下随风飘摇。

"少爷，你知道这是什么吗？"

[①] "放下池塘"是旧东京本所地区的一个池塘，传说在这个池塘里钓鱼，会从水中传出"放下，放下"的叫声，会一直叫到钓鱼人把鱼全部放回水中为止。——译者注
[②] "片叶芦苇"是指只有芦苇秆的一侧长叶子的芦苇。——译者注

鹤姐（保吉那时这样称呼她）回头看着保吉，手指着行人稀少的马路。干涸的土路上有一道很粗的线，隐隐约约地向远方延伸。保吉觉得好像之前也见过这样的线，但他一直不知道这条线是什么。

"是什么呢？少爷，好好想想。"

这是鹤姐的老一套。她不管问什么，都不会直接告诉他答案，必定会先严格要求他"好好想想"。虽然严格——但鹤姐并非母亲那样的年纪，其实也就是个十五六岁的年轻姑娘，长着一颗小小的泪痣。她这么做当然是想尽力帮忙教育保吉，保吉也很感激鹤姐对自己的关心，但如果她那时真的知道这个词的意思，肯定不会像以前那样固执地对什么都傻乎乎地要求他"好好想想"。自那以后三十年来，保吉想了很多问题，但他依然什么都不懂，就如同当时他跟那个聪明的鹤姐走在大水沟边上的马路上时一样……

"快看，这儿也有一道吧。少爷，你好好想想，这条线到底是什么？"

鹤姐跟刚才一样用手指着路面。确实，在相隔三尺左右的地方出现了另一道差不多粗细的线，在干涸

的土路上延伸着。保吉认真地想了想,最终发明了一个答案:

"是哪个小孩画的吧,用棒或其他什么东西?"

"可是,有两条并排着呢。"

"那是因为是两个人画的,所以就有两条了呀。"

鹤姐无声地笑着,摇摇头表示"不对"。保吉当然觉得不开心,可她是无所不知的,就像德尔斐①的女巫。她肯定早就看穿路上的秘密了。渐渐地,保吉不再发牢骚,而是对地上的那两道线感到了惊讶。

"那,这道线是什么呢?"

"是什么呢?你看,这两道线一直并排着向前延伸,是不是?"

确实像鹤姐说的,一道线出现弯曲,另一道线也会同样弯曲。而且,这两道线在发白的路上一直向远方延伸着,就像要延伸到永恒。这到底是谁为了什么目的而画的记号呢?保吉想起了在幻灯片上看到的蒙古大沙漠,这两道线也会细细地延伸到那片大沙漠

---

① 希腊古都,神谕的发源地,也是古希腊最著名的宗教圣地。——译者注

中吧。……

"喂,鹤姐,那你说是什么?"

"哎,你好好想想,这是两个成对的东西吧。——是什么呢,两个成对的东西?"

鹤姐跟所有女巫一样,只会给人一些含糊的提示。但保吉一听更来劲儿了,筷子、手套、鼓槌等,列出好多成对的东西。然而,她对哪个答案都不满意,只是神秘地微笑着,不停重复着"不对"。

"喂,快告诉我吧。喂喂,鹤姐,坏鹤姐!"

保吉终于发脾气了。平时他生气的时候,就连他父亲都不怎么惹他。鹤姐天天守着他,对他的脾气了解得一清二楚。因此,她终于开始认真地给保吉解释这一路上的秘密:

"这是车轮印。"

这是车轮印!保吉一下愣住了,他目不转睛地盯着泥土中那两道断断续续的线,与此同时,头脑中有关大沙漠的想象也像海市蜃楼般消失了。现在只有一辆沾满泥土的货车在他空荡荡的心里自顾自地转动着车轮……

时至今日，保吉依然牢记当时的教训。想想这三十年的人生，也许糊涂才是一生的幸福。

三　死

这也是那时候的事。父亲晚饭时总要喝一杯，那天他坐在饭桌前，手里拿着六兵卫①的酒杯，不知为何突然说了一句：

"听说终于大喜了，就是那个，槙町的那个二弦琴师父……"

明亮的灯光照着黑漆饭桌，饭桌上也呈现着无与伦比的美丽色彩。保吉至今都喜爱食物的色彩——乌鱼子、烤海苔、醋牡蛎、薤白等等，他喜欢那些颜色。当然，他当时喜欢的颜色并不那么高雅，相反，都是些浓烈的、刺激的、鲜艳的颜色。那天晚上，他坐在饭桌前，一直盯着铺在一小撮发菜上的小金枪鱼片。

---

① 清水六兵卫，日本京都地区的18世纪中期以来著名的陶器制造商。——译者注

突然，大概是把保吉的艺术感觉理解成了物质欲望吧，已经有些醉意的父亲拿起象牙筷，故意把散发着酱油香的生鱼片凑到保吉的鼻子上。不用说，保吉一张嘴就把它吃了。随后为了表达谢意，他对父亲说道：

"刚才是那位师父，这回轮到我大喜了！"

不光父亲，就连母亲和姨妈也一齐笑了出来。但他们笑，好像也不光是因为听懂了他的机智妙语，这一疑惑让他感到自尊心有点受伤。不过，能逗笑父亲肯定是大功一桩。而且，让家中气氛变得热闹了，这本身就是一件很愉快的事。所以，他马上也跟父亲一起放声大笑了起来。

笑声渐渐平息，父亲脸上依然带着微笑，他用大手拍拍保吉的后颈：

"所谓大喜呀，就是死了的意思。"

所有的答案都不会像锄头一样从根上斩断保吉的疑问，相反，它们只是园艺剪，剪去旧的问题，又会让新的问题萌芽。三十年前的保吉也跟三十年后的他一样，刚找到答案，又从那个答案里发现了新的问题：

"死了又是怎么回事啊?"

"死了呀,你看,你杀死过蚂蚁吧?……"

父亲也够可怜的,他开始耐心地给保吉解释什么是死。但他的解释完全没能让保吉感到满意,因为孩子有孩子的逻辑。他认为父亲只说对了一点,就是被他杀死的蚂蚁不会爬了。但那不是死,而是被他杀了。既然叫死了的蚂蚁,那么就算不是被他杀了,它也应该一动不动不能爬。他不记得在石灯笼下或冬青树下看到过那样的蚂蚁,但父亲不知为何完全无视了这一差别。

"被杀死的蚂蚁就是死了呀。"

"被杀了就是被杀了,不是吗?"

"被杀了和死了就是一回事啊。"

"可是,被杀了就是指被杀了。"

"不管怎么说,都是一回事。"

"不一样,不一样。被杀了和死了不是一回事。"

"笨蛋,怎么就不明白呢?"

被父亲一骂,保吉自然就哭了起来。但不管怎么骂,不明白的事还是不明白。之后的几个月,他就像个了不起的哲学家一样，一直在思考死的问题。死真的太难理解了。被杀的蚂蚁不是死的蚂蚁，但又是死的蚂蚁。再没有比这个更神秘、更让人捉摸不透的问题了。每次思考死，保吉就会想起在日向院①里看到的两只狗。它们背对着夕阳，一动不动地躺着，就像一只狗一样。而且，还很肃穆。所谓死，也许跟那两只狗有着相似之处吧……

某个黄昏，保吉跟下班回来的父亲一起在昏暗的浴室里洗澡。说是洗澡，但他并不是在洗身体，而是小心翼翼地站在高及胸口的木桶里，带着他的白色三角帆船进行首次航海。就在那时，好像有客人还是什么人来了，一个比阿鹤年长一些的女佣拉开满是水汽的玻璃门，对着身上涂满肥皂的父亲说了句"老爷"什么什么的。父亲一边搓着海绵，一边回道："好，马上就来。"然后他又转身看着保吉，对他说："你先待在里面，妈妈马上进来。"不用说，父亲不在就不会影响帆船的首次航海了。保吉看了父亲一眼，老

---

① 东京两国地区的一座净土宗寺院。——译者注

实地应了一声"嗯"。

父亲擦干身体，把湿毛巾搭在肩上，"嘿哟"一声就抬起了沉重的身子。保吉也不管他，只顾着调整帆船的三角帆。然而，当他听到开玻璃门的声音，再次抬眼望去时，只见父亲光着脊背站在水汽中，正要走出浴室。父亲的头发还没白，背还像年轻人一样挺直，但不知为何，那个背影让四岁的保吉觉得无比孤独。一瞬间，他忘记了帆船，不由得想喊一声"父亲"。但关门声再次响起，静静掩去了父亲的身影，只剩下昏暗的灯光，和着洗澡水的味道。

保吉在静悄悄的浴桶里茫然地睁着大眼，就在这时，他明白了自己一直不得其解的"死"。——所谓死，就是父亲的身影永远消失！

四　海

保吉第一次看到海是在五六岁的时候。说是海，实际并非万里汪洋，而是在大森海岸看到的狭窄的东京湾。但就算是狭窄的东京湾，对当时的保吉而言也是值得惊叹的了。奈良时代的和歌诗人曾作诗表达自己对大海的爱慕："只似大船下石碇,此情不知为谁发。"①保吉当然不懂什么爱慕，《万叶集》里的和歌更是一首也不知道，但他确实感到阳光笼罩下的大海有种说不出的忧伤的神秘感。茶棚的芦苇栏杆一直伸向海中，保吉就靠在那里长久地眺望着大海。海面上漂浮着几艘帆船，帆布白得耀眼。还有一艘蒸汽轮船，竖着两根桅杆，冒出的烟在空中拉出长长的线。一群羽翼宽大的海鸥发出猫叫一般的啼鸣声，斜斜地掠过海面飞向远方。那些船，还有那些海鸥，它们从哪儿来，又要到哪里去？但大海只是沉默着，在几道海苔桩带②之外，轻泛着碧蓝的烟波。……

保吉和父亲、叔父一起光着身子下到了浅滩，这让他更深刻地感到了大海的神奇之处。起初他很害怕悄无声息漫过来的海水，但那只是他们刚踏入海水两

---

① 《万叶集》第2346首。——译者注
② 人工养殖海带、海苔等的道具。海藻养殖的方法之一为"支柱式养殖"，即在潮间设下多排木桩或竹桩，桩上拉起苗绳，以培育幼苗。——译者注

三分钟内的事,之后他便喜欢上了海浪,包括一切海洋生物。刚刚在茶棚栏杆处看到的大海就像个陌生人,既新奇也吓人,而站在海滩上看到的大海则像个巨大的玩具箱。玩具箱!的确,他像个神一样,把大海当成了玩具。螃蟹和寄居蟹在耀眼的海滩上蹿来蹿去。海浪将一串海草带到了他的脚边。那个像喇叭的也是海螺吧?这个躲在沙子里的肯定是蛤蜊……

保吉的快乐巨大无边,但这种快乐中多少也有些失落。他一直以为海是蓝色的。两国的"大平"书店正在出售月耕[①]和年方[②]的浮世绘,还有当时流行的石版画,上面的大海无一不是碧蓝碧蓝的。特别是在庙会上的拉洋片[③]里看到的黄海海战场景,尽管是黄海,但也是在湛蓝的海浪上翻滚着雪白的浪头。然而,眼前的海——只有海心才有碧波荡漾,靠近海滩的近海则完全看不出一点蓝色,甚至可以说跟泥坑里的泥浆

---

① 尾形月耕(1859—1920),日本明治至大正时期的浮世绘画师。——译者注
② 水野年方(1866—1908),日本明治时代的浮世绘画师。——译者注
③ 一种民间杂耍,将各种彩色画片或西洋景物挂于装有凸透镜的木箱中,一面说唱画片的内容一面换片,如电影般供人观赏。——译者注

水没什么两样，都是泥土色。不，比泥浆水还不如，是更鲜亮的红褐色。他对着红褐色的大海，感到了一种被欺骗的失落，但马上又勇敢地接受了这一残酷的现实。这是大人们犯了错，他们只看到了海心，便以为大海就是蓝色的了。但只要有人跟他一样洗过海水浴，就一定能发现这一确凿无疑的真理。海水其实是红褐色的，就跟铁皮桶上生的锈一样。

保吉三十年前的态度原封不动地延续到了三十年后，对他来说，承认海是红褐色的是当务之急。"即使有人想把这红褐色的海变成蓝色的，也将徒劳无功。""与其如此，不如去红褐色大海的海滩上寻找美丽的贝壳。""也许将来大海会像海心一样变成一片碧蓝。"但还是不要指望将来了，安于现状吧。——保吉很尊敬这两三个预言家一般的朋友，但他内心深处依然坚持自己的意见。

那天保吉从大森的海边回到家后，妈妈也外出归来了，还在路上给他买了《日本昔话》中的《浦岛太郎》。不用说，让母亲给他读故事是种乐趣，但他还有另一个乐趣，那就是用手边的彩色画笔给一幅幅插图涂上颜色。他决定马上也给这本《浦岛太郎》涂上颜色。一册书一共有十幅左右的插图，他首先涂的是浦岛太郎离开龙宫的那幅图。龙宫宫殿是绿屋顶、红柱子。龙宫仙女——保吉想了一下，决定只把她的衣服涂成红色。浦岛太郎就不用多想了，渔夫的衣服是深蓝色，短蓑衣是淡黄色。只是他没想到把细细的鱼竿涂成黄色会那么难。另外，只把绿毛龟的毛涂成绿色也不是一件容易的事。最后，他把海涂成了红褐色，跟铁皮桶上的锈一样的红褐色。——这种色彩搭配让保吉感到了一种艺术家般的满足，特别是给龙宫仙女和浦岛太郎的脸都加点了浅红色，一下子让整幅画都生动了起来。

保吉把自己的作品拿给母亲看。母亲正在缝东西，她把视线越过老花镜上方，看向他涂好的彩色插画。保吉当然期待母亲的夸奖，然而母亲似乎并不像他那样欣赏这幅画的颜色。

"大海的颜色有点儿奇怪啊，怎么涂成红褐色了？"

"可是，大海本来就是这种颜色啊。"

"不可能有红褐色的海啊。"

"大森的海不就是吗?"

"大森的海也是碧蓝的呀。"

"不是的,就是这种颜色。"

母亲惊讶于保吉的固执,不禁微微笑了起来。但不管保吉怎么解释——甚至气得把这幅《浦岛太郎》都撕了,她仍然不相信有红褐色的大海这一确凿无疑的事实。……这就是关于大海的故事。当然,如今的保吉,如想给故事加一个像样的结尾以保证故事的完整性也并非难事,例如,在故事结束前加上这么几句——

"保吉在跟母亲的对话中又有了一个重大发现,那就是人们容易忽略红褐色的大海——包括横亘在人生中的红褐色的大海。"

然而,这并非全部事实。涨潮时,大森的海也会翻涌起蓝色的波浪。所以真相到底是什么?红褐色的海,还是蔚蓝的海?说到底,我们的现实主义其实是非常不可靠的。思来想去,保吉决定就按之前那样,以一种不讲究技巧的形式给故事结尾。那故事的形式怎么办?——诚如诸位所言,艺术最重要的就是内容,无须太在意修饰。

五　幻灯片

"像这样给这盏灯点上火。"

玩具店老板用火柴点亮金属灯，燃起黄色的光。接着他打开幻灯机后面的小门，轻轻地把灯放进机器。七岁的保吉连大气也不敢出，眼睛直盯着老板的动作，只见他在桌前猫着腰，头发整齐地左右分开，双手异常苍白。时间终于到了三点，玩具店外边的玻璃门沐浴着阳光，透过玻璃能看到街上川流不息的人群。但玩具店里——特别是这个胡乱堆满空玩具盒的角落，光线暗得跟黄昏一样。保吉刚来这儿的时候，还觉得有点儿瘆人。但现在，因为幻灯片——因为玩具店老板给大家放幻灯片，他就忘了那些不愉快的感觉了。不仅如此，他甚至忘记了站在身后的父亲。

"把灯放进去之后，那边就会出现一个月亮。"老板费力地直起身子，指着对面的白墙说道，当然不是对保吉，而是对保吉父亲说的。幻灯机在白墙上投射出一个直径三尺大小的圆形，柔和地散发着浅黄色的光，确实像个月亮。但白墙上的蜘蛛网、污渍等也看得一清二楚。

"从这边像这样把画插进去。"

只听得咔哒一声轻响，圆光里便出现一个模糊的影像。保吉闻到一股金属发热产生的味道，愈发好奇起来，一动不动地注视着那个影像。那是什么呢？——他还无法判断那上面是风景还是人物，仅能看出颜色有点类似虚幻的肥皂泡。不，不仅是颜色，映在白墙上的那个圆光本身就是个大大的肥皂泡，就像梦一样，不知从何处飘到了这片昏暗中。

"影像模糊是因为镜片还没对准，——就是前面的这个镜片——只要对准了，就会变得很清楚，就像您现在看到的这样。"

老板再次弯下腰，与此同时，肥皂泡也肉眼可见地变成了一幅风景画。但不是日本的，而是西洋某地的，河道两旁民房林立，大约是黄昏时分吧，右面一排房子的上空有一轮月牙儿在微微发光。静静的河面上清晰地倒映着月牙、房子以及家家户户窗前的玫瑰花的影子。风景里没有人，连只海鸥都没有，只有河水径直地朝着尽头的桥下流去。

"这是意大利威尼斯的风景。"

三十年后的保吉是通过邓南遮[①]的小说领略了威尼斯的魅力。但在当时，保吉只觉得这画上的房子也好，河道也好，都有种飘忽的寂寥。他喜欢的风景是浅草那样的，大红的观音堂前飞舞着无数的鸽子；或者是银座那样的，高耸的钟塔下行驶着有轨马车[②]。相形之下，这画上的房子啦、河道啦，都显得太寂寥了。即使没有有轨马车和鸽子也没关系，但至少对面的桥上能有一列火车驶过也好啊，——保吉正想到这儿，突然，一个戴着长飘带的少女从河道右侧一排的窗户里探出了小小的脸庞。他不记得是哪扇窗了，只记得大致是"月牙"下的那扇。女孩刚探出脸来，接着就看向了保吉，

---

① 加布里埃尔·邓南遮（Gabriele d'Annunzio，原名 Gaetano Rapagnetta。1863—1938），意大利诗人、记者、小说家、戏剧家和冒险者。他常被视作贝尼托·墨索里尼的先驱者，在政治上颇受争议。主要作品有《玫瑰三部曲》等。——译者注
② 利用马匹牵引车辆、车轮在钢制轨道上滚动行驶的交通运输工具。日本在1882—1903年间在东京等地使用，后被市内电车所代替。——译者注

然后——尽管很远，也能看到她可爱的脸上浮现出了笑容？但那不过是一两秒钟的事，当他惊讶地"哎呀"一声瞠目凝视的时候，女孩已经不知何时从窗口消失了。那扇窗户跟其他窗户一样，挂着窗帘，不见任何人影……

"那个，幻灯片怎么放，你现在知道了吧？"

父亲的话把保吉从茫然中叫回到现实世界来。他嘴上叼着雪茄，有些不耐烦地站在保吉身后。玩具店外的行人依旧川流不息。老板——头发梳得一丝不苟的老板就像热场完的魔术师，格外苍白的脸上浮现出满意的微笑。保吉忽然急切地想把这台幻灯机搬到自己房间里去……

那天晚上，保吉和父亲又在油蜡布上看了一遍威尼斯的风景。河道的水光——倒映着空中的月牙、河道两侧的房屋以及各家窗前的玫瑰花——一切都跟之前看到的一模一样。但不知为何，只有那个可爱的少女，这次没再露出脸来。那扇窗户一直关着，封锁住窗帘背后家家户户的秘密。保吉终于等不下去了，哀求起正在担心灯光的父亲来：

"那个女孩怎么不出来？"

"女孩？哪儿有女孩吗？"

父亲好像都没弄清保吉在说什么。

"不是，不是在哪儿，只是从窗子里探出脸来了。"

"什么时候？"

"在玩具店里投影到墙上的时候。"

"那时也没出现什么女孩啊。"

"可是，我就是看见她露出脸了。"

"你在胡说些什么呀。"

父亲疑惑地伸手摸了摸保吉的额头，然后突然大声说道：

"那个，下面我们放点儿什么呢？"

保吉也明白父亲是想给他鼓气，但他根本没在听，仍然注视着威尼斯的风景。昏暗的水面上倒映着静静的窗帘，会有一个系着长飘带的少女突然在某个时候从某个窗子里探出脸来。——保吉这样想着，然后感到一种难以名状的怀念，同时也感到了一种从未有过的喜悦和悲伤。那个在幻灯片的风景画里一闪即逝的女孩，其实是某种超自然的神灵在他眼前现身的吧？或者说，那只是少年常有的一种幻觉？这个问题自然不是他自己能够解答的。然而，即使在三十年后的今天，在疲于俗务时，保吉都会想起这个永远不会回来的威尼斯少女，就像怀念多年未见的初恋情人。

六　妈妈

记不清这是八岁还是九岁时的事了，总之是那年的秋天。陆军大将川岛站在回向院露天佛像的石坛前检阅了自己的军队。不过，虽说叫军队，其实连保吉在内也就四个人。而且，除了保吉穿着有金色纽扣的制服，其他人不是穿着蓝底白花的布衣，就是穿着蓝粗布的窄袖劳动服。

当然，不是如今国技馆后面的那个回向院，而是很久以前的回向院，那时只要秋风一起，清晨的鼠小僧[①]墓地一带，银杏落叶就会堆得跟小山一样。当时带着乡土气息的风景——还不算是江户城里[②]而是地处郊外的本所[③]的风景，如今早就不见了，只有鸽子还跟以前一样。不，也许鸽子也不一样了。那天，露天佛像的石坛周围也全是鸽子，但似乎没一只像如今的鸽子这么好看。"土鸽作朋友，门前卖香草。"这是天保年间的俳人所作的俳句，所描写的或许并非回向院卖香草的，但保吉只要看到这首俳句，就会不禁想起露天佛像的石坛周围聚集的鸽子——它们从喉咙深处发出咕咕声，微弱的阳光也随之震颤起来。

锉刀匠的儿子川岛在慢慢地检阅完之后，把手伸进蓝粗布劳动服，从怀里掏出小刀、钢珠、橡皮球什么的，还掏出了一副画牌，这是小点心店卖的军棋画牌。川岛发给每人一张画牌，任命（？）了四个部下。我在这里公布一下他的任命：箍桶匠的儿子平松是陆

[①] 鼠小僧（1795—1832），原名次郎吉，江户时期的盗贼。——译者注
[②] 东京的旧称。——译者注
[③] 东京旧区之一，战后并入墨田区。——译者注

军少将，巡警的儿子田宫是陆军大尉，针线铺的儿子小栗是个小小的工兵，堀川保吉是地雷。当地雷并非是苦差事，只要不遇上工兵，就算遇上大将也能抓来当俘虏。保吉当然觉得很得意，但那个胖乎乎的小栗还没听完任命，就开始抱怨：

"当工兵太无聊了。那个，川岛，让我也当地雷吧。好吧。"

"你迟早会被俘的吧？"

川岛严肃地教训他。小栗脸涨得通红，但一点儿也不怕，他回嘴道：

"胡说！上次不是我逮住大将的吗？"

"是吗？那下次让你当大尉。"

川岛抿嘴一笑，一下子就笼络住了小栗。保吉至今还对他的奸猾感到惊讶。川岛后来小学还没毕业，就发热病死了。要是他那时没死而且没受过教育的话，如今起码也是个年富力强的市议会议员什么的了。

"开战！"

这时敌军大喊了一声，他们在前门摆好了阵势，也有四五个人。敌军今天的大将好像也是律师的儿子松本，他穿着蓝底白花的布衣，胸前露出里面的红衬衫，梳着分头。可能是为了发出开战信号，他高高地挥舞着学生帽。

"开战！"

手拿画牌的保吉一听到川岛的号令，便一马当先高喊着冲上前去。原本静静聚集的鸽子也"哄"一下拍打着翅膀，盘旋着飞向了天空。紧接着——紧接着就展开了前所未有的激烈战斗。硝烟弥漫成小山，敌人的炮弹像雨一样在他们的周围爆炸。但战友们勇敢地冲向了敌人的阵营，开始了肉搏。然而，敌人的地雷掀起了冲天的火柱，把我方少将炸得粉身碎骨。不过，敌方也损失了大佐，接着又失去了保吉最害怕的工兵。战友们看到后，更加猛烈地向敌方发起了攻击——这一切当然都不是事实，发生在回向院的这场激战只是保吉脑子里幻想的场景。不过，他在落叶纷飞、凄凉寂静的寺院里奔跑着，好像真的闻到了硝烟的味道，看到了炮弹乱飞的火光。不，有时他还真想像地雷一样，等待机会从地下爆炸。这么自由的幻想，在他上初中以后就不知不觉消失了。今天的他，不仅不会在打仗游戏中看到旅顺港的激战,相反,还会把旅顺港的激战也看作打仗游戏。不过,幸好回忆把他带回少年时代,让他暂时放下一切,再次去感受当时的幻想所带来的无上快乐……

硝烟弥漫成小山,敌人的炮弹像雨一样在他们的周围爆炸。保吉穿过枪林弹雨,朝敌方大将直扑而去。敌方大将躲开他,急忙想要逃回阵地。保吉正要追上去,突然脚下被石头一绊,摔了个仰面朝天。一瞬间,他勇敢的幻想也像肥皂泡一样破灭了。他已经不是之前那个光荣的地雷了,而是变回了一个少年,脸上糊满了鼻血,裤子的膝盖处破了一个大洞,连帽子也丢了。他强撑着站起身,忍不住大哭了起来。敌我双方的孩子听到这哭闹,也只好停下了激战,围到了保吉身边。有人说:"哎呀,受伤了。"有人说:"摔了个四脚朝天呢。"还有人说:"这可不赖我们。"然而,保吉哭并非因为疼,而是有种难以名状的悲伤,他用双臂遮住脸,越发哭得起劲了。突然,他听到耳边传来陆军大将川岛的嘲笑声:

"哎哟,还哭着喊妈呢!"

川岛的话一下逗笑了敌我双方，笑得最厉害的是没当上地雷的小栗。

"太好笑了，居然哭着喊妈！"

但保吉虽然哭了，可他不记得自己喊过妈妈。川岛这么污蔑他，是他一贯的坏心肠。——这么一想，他就更伤心了，满肚子委屈，简直哭得浑身发抖。但没一个人同情这个胆小鬼。不仅如此，他们一个个还学川岛，一边四下逃散一边大喊：

"哎哟，还哭着喊妈呢！"

保吉听着他们的喊声渐渐远去，心里恨得咬牙切齿。他看都不看又飞回他脚边的鸽子，止不住地哭了好久。

从那以后，保吉一直深信，川岛说他喊妈完全是捏造。然而，就在三年前，他从上海登陆时，把东京的流感也带到了上海，于是只好住进一家医院，但住院后高烧也没有轻易离开他。他躺在雪白的床上睁开蒙眬的眼睛，眺望着把春天从蒙古带来的漫天黄沙。就在这时，正在闷热的午后看小说的护士突然离开椅子，走到他的床边，惊讶地看着他说：

"哎呀,您已经醒了吗?"

"怎么了?"

"那个,刚才您不是在梦里喊妈妈吗?"

保吉一听这话,马上就想起了回向院的寺院。他觉得,或许川岛并没有恶意编谎话。

1924 年 4 月

保吉的手记

⌐ 汪! ¬

那是一个冬日的黄昏,保吉在一家有些脏兮兮的餐厅二楼,啃着带着油腥味的烤面包。他坐的那张桌子面对着一堵龟裂的白墙,上面还贴着一张细长的纸条，歪歪斜斜地写着"本店也供应hot（热）三明治"。（他的一位同事将此读作"放心的①三明治"，认真地疑惑过。）桌子左边是下楼的楼梯，右边则紧挨着一扇玻璃窗。保吉一边啃着烤面包，不时呆呆地望向窗外。窗外是条马路，对面是一家旧衣店，白铁皮的屋顶，里面挂着员工穿的蓝色工作服和卡其色斗篷等。

这天晚上六点半开始，学校会举行一场英语讨论会。按规定保吉也必须参加，但因为他不住在这个镇上，所以在六点半之前他只能窝在这种地方，即使心里很不情愿。土岐哀果②有一首和歌是这么写的——如果记忆有误，还请原谅——"千里迢迢来此地，奈何牛排难入口，不由甚恋吾妻好。"他每次来这家店，必定会想起这首和歌，只不过他还没娶妻，还无人可恋。但当他望着旧衣店、啃着带着油腥味的烤面包、看着"hot（热）三明治"时，就会情不自禁地想要念一句"不由甚恋吾妻好"。

---

① 日语中的"放心"（ほっと）与英文"ho"（ホット）读音一样，因此引起文中"同事"的误解。——译者注
② 土岐善麿（1885—1980），别号哀果。日本诗人、戏曲家、翻译家。——译者注

在此期间，保吉发现他身后还坐着两个年轻的海军武官，正在喝啤酒。其中一个他见过，是跟他同校的会计。但保吉跟他不熟，不知道他叫什么。不，不光是名字，他也不知道这人是少尉还是中尉，只知道每个月领工资的时候，都要经他的手。另一个军官保吉从未见过。那两人每次喝完啤酒想要再点的时候，就会大叫一声"喂""欸"之类的。女服务员听到了也不生气，反而双手捧着酒杯，殷勤地跑上跑下。但对保吉，哪怕只点一杯红茶，服务员也不会很快就送过来。也不光是这家店，在这个镇上，无论去哪家咖啡馆、西餐馆，情况都一样。

那两人一边喝着啤酒，一边大声说着什么。保吉当然没有偷听他们谈话，但他突然听到一句"叫一声'汪'"，这让他有些吃惊。他不喜欢狗，文学家歌德和斯特林堡也不喜欢狗，这一发现令他感到愉快。因此，当他听到那句话时，脑子里便浮现出这一带常见的大型洋犬，同时还感到了一种毛骨悚然，仿佛那种狗就在他身后打转。

他悄悄转身看了一眼，但幸好没看到有什么狗，只有那个会计在看着窗外，一边嗤嗤地笑着。保吉推测狗大概是在窗下,但总觉得有些怪怪的。就在这时,那个会计又说了一遍:"叫'汪',喂,快叫'汪'!"保吉微微弯下腰,望向对面的窗下,首先看到的是一盏兼作正宗名酒广告牌的檐灯,此刻还没通电;接下来是一个卷起来的遮阳帘;然后是一双木屐罩,晒在啤酒桶做成的雨水桶上,忘收回去了;再然后是马路上的水洼;再然后,——不管后面还有什么,就是没看到哪儿有狗的身影。不过,倒是有一个十二三岁的小乞丐站在下面,他仰头看着二楼的窗户,看起来又饿又冷。

"叫一声'汪'!你不叫一声'汪'吗?"

会计又说了一遍。他的话似乎有种魔力能控制乞丐的内心,令他像个梦游症患者一样,眼睛一直朝上望着,脚下朝窗下走近了一两步。保吉终于发现这个可恶的会计在玩恶作剧。恶作剧?——也许不是。但如果不是恶作剧,那就是实验。人为了有口饭吃,到底能在多大程度上牺牲自己的尊严?——与此有关的实验。按照保吉自己的想法,如今绝不该拿这个问题来做实验。以扫为了烤肉①而出卖自己的长子名分，保吉为了面包而当了教师。只要看看这些事实，就足以知道结果了。不过，仅凭这些，恐怕是无法满足那个"实验心理学家"的研究欲望的吧。如果是这样，那就像自己今天教给学生的那句拉丁文了，"De gustibus non est Disputandum"，意思是各人有各人的爱好。既然他想做实验，那就去做吧。——保吉这么想着，一边望着窗下的乞丐。

会计沉默了好一会儿。乞丐也变得很不安，他开始朝着大马路前后张望起来。尽管他对学狗叫没什么异议，但肯定还是很忌惮旁人的目光。不过，就在他眼神飘忽不定的时候，会计把他那张红脸探出了窗外，朝着下面挥舞着什么。

"叫一声'汪'。只要你叫一声'汪'，我就把这个给你。"

---

① 以扫，希伯来圣经人物。根据《圣经》记载，以扫和雅各为以撒和利百加所生双胞胎。以扫为长子，雅各为次子。以扫为了"一碗红豆汤"，将长子的名分"卖"给了雅各，但后来又认定是雅各骗去了本来属于他的长子继承权，故而怀恨在心，并计划在父亲以撒去世后杀了雅各报仇。从此兄弟俩为了继承权反目，但最终和好如初。芥川此处写作"为了烤肉"，应是有误。——译者注

乞丐的脸上仿佛一下子就燃起了求食的欲望。保吉有时对乞丐这个群体抱有一种浪漫主义的兴趣，但从未感到过怜悯或同情。如果有人说自己有感觉，那他相信，说这话的人不是傻子就是谎话精。但现在，他看着那个小乞丐微微仰着脖子、眼中充满渴望的样子，不禁产生了一丝怜爱。不过，这里的"一丝"就是名副其实的"一丝"。或者说，相比怜爱，保吉更喜欢这种乞丐形象所呈现出的伦勃朗[①]式的效果。

"你不叫吗？喂，我让你叫一声'汪'。"

乞丐皱起了眉头。

"汪。"

声音非常微弱。

"再大一点声。"

"汪，汪。"

乞丐终于连叫了两声。紧接着，一个橙子掉到了窗外。——接下来的事不用写大家肯定也猜得到，就

[①] 伦勃朗·哈尔曼松·范·莱茵（Rembrandt Harmenszoon van Rijn, 1606—1669），欧洲巴洛克绘画艺术的代表画家之一，被称为荷兰历史上最伟大的画家。代表作有《木匠家庭》《夜巡》等。——译者注

是乞丐扑向了橙子，会计哈哈大笑。

那之后大约过了一周，到了发工资的日子，保吉又去会计室领工资。只见那个会计一副忙得不得了的样子，一会儿翻开那本账簿，一会儿打开这本材料，然后抬头看了一眼保吉，说了一句："领工资的吧。"保吉也回了一句："是的。"然而，也不知是他太忙了还是怎么回事，迟迟不把工资给保吉。不仅如此，最后居然还转过身，没完没了地打起了算盘，仅留下一个穿着军装的背影。

"会计官。"

保吉等了好一阵子，无奈恳求般地叫了一声。会计这才扭头看了这边一眼，很明显，他就要张口说一句"马上就好"了，但保吉抢在他的前面，接上了自己精心准备的台词：

"会计官，是要我叫一声'汪'吗？是吗，会计官？"

保吉坚信，他那时的语气比天使还要温柔。

洋人

这所学校里有两个洋人,是来教英语口语和英语作文课的。一个是英国人,叫汤森,另一个是美国人,叫司徒雷特。

汤森先生是个秃顶的大爷,日语很好,人也善良。一直以来,但凡洋人教师,哪怕是些平庸之辈,只要一提到莎士比亚或歌德,就必定会滔滔不绝。但好在这位汤森先生绝口不提文艺之事,有次无意间提到了华兹华斯[①],他说:"我对诗歌是一窍不通,就算华兹华斯等人,我也不知道他们好在哪儿。"

当时保吉和汤森住在同一个避暑胜地,每天都乘同一趟火车上下班。火车单程大概要三十分钟,两人便在火车上一边抽着格拉斯哥[②]烟斗,一边闲聊些香烟、学校、幽灵之类的话题。因为汤森先生是个通神

---

① 华兹华斯(William Wordsworth, 1770—1850),英国浪漫主义诗人,文艺复兴运动以来最重要的英语诗人之一。代表作有《抒情歌谣集》《丁登寺旁》《序曲》《水仙花》等。——译者注
② 格拉斯哥(Glasgow),英国苏格兰最大的城市,此处指烟斗产地。——译者注

论者，虽然他对哈姆雷特不感兴趣，却对哈姆雷特父亲的幽灵感兴趣。但要是提到魔术、炼金术或occult sciences[①]之类的，他又必定会带着不胜悲伤的表情，摇摇脑袋连带着烟斗，说道："神秘之门并不像普罗大众所以为的那样难以开启。正相反，它最恐怖的地方正在于难以关闭，所以最好不要去碰那些东西。"

另一位司徒雷特先生是一位年轻的时尚人士。他在冬天时常会穿一件暗绿色的大衣，再系一条红色的围脖。跟汤森先生不同，司徒雷特好像偶尔也会看看新出版的书籍。事实上，他还在学校的英语讨论会上做过一次重要演讲，题目就是《新近的美国小说家》。不过据他在演讲里所说，美国新近最伟大的小说家要么是罗伯特·路易斯·史蒂文森[②]，要么是欧·亨利[③]！

---

① 秘术，神秘学。——译者注
② 罗伯特·路易斯·史蒂文森（Robert Louis Stevenson，1850—1894），英国小说家，代表作有《金银岛》《化身博士》等。作品中人物"司徒雷特"是将这位已故的英国小说家说成了"新近的美国小说家"。——译者注
③ 欧·亨利（O. Henry，1862—1910），美国现代短篇小说创始人，代表作品有《麦琪的礼物》《警察与赞美诗》《最后一片叶子》《二十年后》等。——译者注

司徒雷特不跟他们住同一个避暑胜地，但也住在火车沿线的某个小镇上，所以也经常一起坐火车。保吉已经不记得自己跟他谈过什么了，唯一有印象的就是有次他们一起在候车室的暖炉前等火车时发生的事。那时，保吉一边打着哈欠，一边说着教师这门职业的乏味无趣。不料，那位戴着无框眼镜、很有男子气概的司徒雷特先生却露出一丝奇妙的表情，说道：

"教师可不是什么职业，我觉得，应该可以称之为天职。You know, Socrates and Plato are two great teachers... Etc." ①

罗伯特·路易斯·史蒂文森是不是美国佬，此事并不重要，重要的是，他说苏格拉底和柏拉图都是教师。——这让保吉打定主意，今后要对这位司徒雷特先生报以真诚的友谊。

---

① 英文的意思是："你可知道，苏格拉底和柏拉图可是两位伟大的教师。……还有其他人。"——译者注

午休
——一段胡思乱想

保吉走出二楼的餐厅。文职教官吃过午饭后,一般都会去隔壁的吸烟室,但他今天决定不去那里,而是下楼到院子里去。这时,有个下士正像蚂蚱一样一步三阶地爬上楼来,一看到保吉,立刻严肃地举手行礼,然后又飞快地越过保吉上楼而去。保吉只能朝着空气微微点头致意,一边慢悠悠地走下楼梯。

院子里长着罗汉松和榧子树,树与树之间开着木兰花。不知为何,木兰花好像从不朝着向阳的南面开花,而外形相似的辛夷却总是朝着南面开花。保吉一边点烟,一边在心里为木兰独特的个性送上祝福。就在这时,一只鹡鸰鸟从空中猛冲过来,仿佛有块石头掉落一样。那鹡鸰也不怕他,反而摇着小尾巴示意,要给他带路。

"往这边!往这边!不是那边啊,是这边!这边!"

他照着鹡鸰的指引,沿着一条石子铺就的小路往前走去。然而,也不知鹡鸰怎么想的,突然再次飞上了天空。与此同时，保吉眼前出现了一个高个子轮机兵，正沿着小路朝他走来。保吉觉得自己好像在哪儿见过他，但轮机兵也只是对着他敬了个礼，便经过他身旁往后走了过去。保吉一边抽着烟，一边努力回忆那人究竟是谁。两步、三步、五步，——当走到第十步的时候，他终于恍然大悟：那人正是保罗·高更①，抑或是高更再世。他现在应该很快就会放下铁铲、拿起画笔了。再后来，他的疯子朋友②还会在他背后开枪。太悲惨了，但也毫无办法。

保吉终于沿着那条小路来到了大门口的广场上。那儿有两门缴获的大炮，并排放在松竹林中。他把耳朵贴近炮筒，好像听到了某种气息在其中穿过的声音。可能大炮也会打哈欠吧，他在大炮下面坐了下来，然后掏出第二支烟点上。大门里的圆形花坛铺着石子，上面有只蜥蜴，背部在阳光下反着光。人一旦被砍断

---

① 保罗·高更（Paul Gauguin，1848—1903），法国后印象派画家、雕塑家。早期在海军服役，故上文称之为"轮机兵"，退役后开始学习绘画。——译者注
② 此处的"疯子朋友"可能指梵高（1853—1890），但梵高并未开枪袭击高更，而是在二人分开两年后，开枪自杀了。——译者注

腿脚，就无法再长出新的。但蜥蜴被砍去尾巴，却能很快又长出一条新尾巴。保吉嘴上叼着烟，心里一边想着，蜥蜴一定是个比拉马克①更激进的进化论者。然而，就在他观察了一阵子后，那只蜥蜴竟不知何时化作了垂落在沙石上的一抹柴油。

保吉终于站起身来。他沿着刷过漆的校舍前行，再次穿过庭院，来到了面朝大海的运动场。红土网球场上有几个武官教师，正在进行激烈的比赛。网球场上空不时传来爆裂声，同时球网左右两侧还迸射出一道道浅白的直线。原来那不是球在飞舞，而是有人打开了香槟酒的瓶盖，身穿衬衫的诸神正陶醉地享受着他们的香槟。保吉一边赞美着诸神，一面绕到了校舍的后院。

后院里长着很多蔷薇，但还一朵花都没开。他在其间信步而行，突然看到一根曳出小路的蔷薇花枝上有一只毛毛虫，紧接着又看到邻近的叶子上也趴着一

---

① 拉马克（Jean-Baptiste Lamarck，1744—1829），法国博物学家，现代生物学的奠基人之一。他最先提出生物进化学说，是进化论的倡导者和先驱。主要著作有《法国全境植物志》《无脊椎动物的系统》《动物学哲学》等。——译者注

只。两只毛毛虫相互点头致意,就像是在议论保吉或是别的什么。这让保吉决定悄悄地偷听一会儿它们的对话。

毛虫一:这个教官什么时候才会变成蝴蝶呢?他们从我们曾曾曾祖父那一代起就在这地面上四处爬行了。

毛虫二:也许人类是不会变成蝴蝶的吧。

毛虫一:不,变是肯定会变的。你看那儿不就有个人在飞嘛。

毛虫二:果然,真的有人在飞呢。可是,那人也太丑了吧!看来人类完全不懂审美。

保吉把手搭在额前,抬头望着盘旋在他头顶的飞机。

就在这时,保吉看到一个魔鬼化作他的同事,甚是愉悦地朝他走来。这个魔鬼过去教炼金术,如今在教学生应用化学。他笑眯眯地对保吉说道:

"喂,今晚一起出去玩玩吧?"

保吉看着魔鬼的微笑，清晰地感到了浮士德[①]的两句名言——"一切理论都是灰色的，唯生命之树常青！"

告别了魔鬼，保吉转而走进了校舍里面。所有教室都空荡荡的，他边走边朝里张望，只看到某个教室的黑板上还留着一个几何图形没擦。几何图形看到保吉在偷窥，肯定是以为自己要被擦掉了，于是马上一伸一缩地说道：

"下节课还要用呢。"

保吉沿着之前的楼梯上楼，走进外语和数学教师办公室。教师办公室里只有秃头的汤森先生，其他一个人也没有。而且，这位老教师还在无聊之余一边吹着口哨，一边独自跳舞。保吉露出一丝苦笑，走到洗脸盆前洗手。就在那时，他无意间瞟了一眼镜子，然后惊讶地发现汤森先生不知何时已变成一个翩翩少年，而他自己则变成了一个弯腰驼背的白头老人。

[①] "浮士德"与"魔鬼"均为歌德创作的诗剧《浮士德》中的人物。在作品中，"一切理论都是灰色的，唯生命之树常青！"一句是化身浮士德的魔鬼所说。——译者注

耻辱

保吉在去教室给学生上课前,一定会熟悉一下教科书上的内容。这不仅是因为他拿了工资,所以有责任不胡来,而是由于这所学校的特殊性质,教科书上出现了大量海上术语。如果不好好备课,很容易发生荒唐可笑的误译。例如 Cat's paw,原以为是猫的爪子,但其实是指微风吹拂。

有一次,他给二年级的学生讲一篇小品文,写的也是航海的故事。但那篇文章实在是差劲得无法言喻。即使是描写狂风在桅杆上咆哮,波涛涌进舱口,文字上也完全没有体现出那样的风和浪。他让学生做译读练习,但自己却先感到无聊起来。每当此时,他都有一种强烈的兴趣,想要对学生讲讲思想问题或时事问题。身为教师,原本就喜欢教授学科以外的东西。道德、趣味、人生观——无所谓叫什么名字吧,总而言之,比起教科书和黑板上的内容,教师更愿意教一些更贴近自己内心的东西。但不巧的是,学生除了学习科目以外，其他什么都不想学。不，不是不想学，而是绝对厌恶学。保吉对此深信不疑，所以在这种情况下，即使他感到无聊透顶，但也只能继续进行译读练习。

不过，他要先听一遍学生的译读，然后再仔细地纠正错误。对保吉来说，这样的事即使不无聊，也很麻烦。所以，一个小时的课刚过三十分钟左右，他就暂停了译读练习。接着，他开始自己一节一节地读，一节一节地翻译。教科书里的航海永远那么无聊，而他的教学方式也不遑多让，同样无聊之至。他就像一艘横渡无风带的帆船，一会儿看漏动词时态，一会儿弄错关系代名词，就这么磕磕绊绊地向前行驶着。

过了一会儿，他突然发现自己备过课的内容只剩下四五行了。只要通过了这一部分，接下来就是波涛汹涌的大海了，里面充满了海上用语的暗礁，丝毫大意不得。他斜着眼瞄了瞄手表，距离下课的喇叭响还有足足二十分钟。他尽可能认真仔细地翻译了备好课的那四五行文字，可译完一看，手表上的指针才走了区区三分钟。

保吉陷入了绝境。在这种情况下，唯一的出路就是回答学生的提问了。但即便如此，如果还有时间剩下，那就宣布早点下课吧。他一边放下教科书，一边想开口问学生"有没有问题——"但突然就红了脸。为什么脸会变得那么红呢？——这点连他自己也无法解释。总而言之，对糊弄学生这种事他本来应该是无所谓的，但唯独那次，突然就红了脸。学生当然什么都不知道，只是目不转睛地盯着他看。他又看了一眼手表，然后——拿起教科书，开始胡乱地继续往下读。

教科书中的航海故事，后面也许也很无聊，但他的教学态度——保吉至今仍深信不疑：他的教学态度比与台风搏斗的帆船还要更壮烈。

英勇的侍卫

记不清是秋末还是初冬了，总之是要穿大衣去学校的时节。保吉坐在桌前吃午饭时，旁边坐着一位年轻的武官教员，他对保吉说了一件最近发生的奇闻。就在两三天前的某个深夜，有两三个盗铁的盗贼乘船来到了学校后面。正在执行夜间巡逻的守卫发现了这一情况，打算独自逮捕他们。谁知经过一番激烈的搏斗，反倒是他被那伙人抛进了大海。守卫浑身湿透，像落水的老鼠一样，艰难地爬上了海岸。不用说，盗贼的船也在那段时间里消失在了黑暗的海面上。

"那个叫大浦的守卫啊，也真是够倒霉的了。"

武官嘴里塞满了面包，脸上露出了苦涩的微笑。

这个大浦，保吉也是认识的。几个守卫经常轮岗守在门口的值班室里。不管是文官还是武官，只要看见教官从门口进出，他们就必定会举手敬礼。保吉既不喜欢被人敬礼，也不喜欢向别人还礼，所以每当他从值班室前面路过时，总是故意加快脚步，不给门卫敬礼的机会。但唯有这个叫大浦的门卫，从不肯轻易罢休。首先，他就那样坐在值班室里，眼睛一眨不眨地注视着大门内外十来米远的空间。因此，只要一看见保吉的身影，不等他走近，大浦便早已做好了敬礼的姿势。如此一来，保吉也只能认命了。保吉最终放弃了抵抗。不，不光是放弃，相反，近来他只要一看见大浦，就会像被响尾蛇盯上的兔子一般，主动摘下自己的帽子。

可从刚刚那位武官的话来看,大浦竟被一伙盗贼抛进了大海。保吉多少有些同情他,但还是忍不住笑了起来。

过了五六天,保吉很偶然地在火车站候车室里看到了大浦。大浦一看到他,也不管那儿是什么地方,就立刻端正姿势,跟往常一样恭敬地举起手,敬了个礼。保吉似乎有种错觉,觉得自己可以清楚地看到他身后有个值班室入口。

"你上次……"

保吉沉默了一会儿,然后开口说道。

"是的,我差点没能抓住那群盗贼……"

"真是倒霉啊。"

"不过幸好没有受伤……"

大浦苦笑着,自嘲似的继续说道。

"如果真的想着一定要设法抓住盗贼,至少也能逮住一个吧。可即便逮住了,不也就那样儿吗?……"

"'就那样',是什么意思?"

"就是说也不会得到奖金或什么。那种情况应该怎么做，守卫守则里也没有明文规定，所以……"

"即便以身殉职也一样吗？"

"即便以身殉职也一样。"

保吉看了大浦一眼。用大浦自己的话来说，他不一定会像勇士一样赌上自己的生命。他不仅在心里掂量了一下赏金的问题，还放过了本该捉拿的盗贼。但是——保吉一边掏出香烟，一边尽可能愉快地朝着对方点了点头。

"的确，那样确实很愚蠢。越冒险越吃亏呢。"

大浦说了一句"是的"还是什么，不过，他的表情很沉重。

"可是，只要能给与奖励的话……"

保吉有些忧郁地说道。

"可是，如果给与奖励的话，会不会导致所有人都去冒险呢？——这一点也有些疑问啊。"

这次大浦陷入了沉默。但当他看到保吉衔起香烟时，马上点燃了自己的火柴，并把火凑到保吉面前。保吉一边将香烟凑近在风中摇曳的火焰，一边控制住嘴角不由自主浮现的微笑，以免被对方觉察。

"谢谢。"

"哪儿啊,不客气。"

大浦若无其事地说着,同时把火柴盒放回了口袋。但保吉相信,他今天已经识破了这位英勇守卫的秘密。那火柴的一点光芒并非仅为保吉而点燃,更是为诸神而点燃,他们在冥冥之中明鉴着大浦的武士道。

1923 年 4 月

三右卫门的罪过

故事发生在文政四年（1821）十二月。加贺藩的宰相治修门下有个家臣名叫细井三右卫门，任职马前护卫，领六百石[①]俸禄。三右卫门杀死了同僚衣笠太兵

[①] 一石粮食约120斤。在古代日本也用作计算官员俸禄的单位。——译者注

卫的次子数马，而且并非因为二人决斗。某日晚间戌时初刻前后（约晚上七点多钟），三右卫门看完歌谣会正往回走，一直候在南练马场的数马突然对他发动偷袭，孰料反被三右卫门砍倒在地。

治修听完此事的前因后果，下令传唤三右卫门前来。他这么做并非一时兴起。首先因为他是个聪明的主子，所以他不会不闻不问、坐视不理，一切任由家臣做主。他习惯于自己作出判断，自己下令执行，若非如此，便会感到心里不踏实。有一回，治修相继奖惩了自己的两名饲鹰师，从中可看出治修处理问题的方式，故抄录有关记载如下：

"某年某月某日，一群丹顶鹤落到了石川郡市川村的麦苗田。专司观鸟的役从向饲鹰所上报，再由若年寄[①]上报给了宰相。宰相听闻甚是欣喜，翌日清晨即带队去往市川村。随带鹰隼共计五只，一只幕府将军所赐官家大鹰、两只大鹰、两只隼。负责饲养官家大鹰的饲鹰师原为相本喜左卫门，但那日宰相偏要亲自

---

① "若年寄"是日本江户时代的官职名，由将军直接统辖，地位仅次于"老中"。——译者注

带着。雨后的田间小路甚是泥泞，宰相一不留神脚下一滑，身子没站稳，让那只大鹰趁机逃脱，飞上了蓝天。远处的丹顶鹤受此惊吓，很快也都飞走了。喜左卫门见此情形，一时怒火冲天，竟忘了自己的身份，破口大骂起来：'你这家伙，到底在干什么呢？'然而刚骂完，他便猛然回过神来，想起自己骂的是宰相，不禁吓得冷汗直冒，跪在地上等候主子砍头。宰相看着他，不由放声大笑：'这是我的错，恕你无罪。'不仅如此，宰相还被其忠心所感动，回城后另赏赐土地百石[1]，并提升官职，令其担任饲鹰所统领。

"从那之后，那只官家大鹰便由柳濑清八负责饲养。有一次官家大鹰病了，某日，宰相传唤清八觐见，询问大鹰病情。柳濑清八回禀道：'大鹰病已痊愈，如今或许还能将人抓起。'宰相不甚喜欢清八的故作聪明，故下令道：'既然如此，就让它抓人给我瞧瞧吧。'打这以后，清八不得已只能在儿子清太郎头顶放上松软的鱼肉或小米作饵，早晚让官家大鹰练习瞄准。渐

---

[1] 古代农作物亩产量约3～4石，百石约25～30亩地。——译者注

渐地，官家大鹰学会了从空中俯冲而下抓人头顶的本领。清八请鹰匠小头领将官家大鹰能抓起人一事上报告给宰相。宰相闻言甚觉有趣，下令清八明日带官家鹰前去南练马场，让它抓起司茶小吏大场重玄看看。翌日辰时左右，宰相到达练马场，令大场重玄站于练马场中央，下令道：'清八，放鹰。'清八说了声'来吧'便放开官家大鹰。大鹰当场笔直地朝着大场重玄飞去，一下就抓住了他的头皮。清八看到成功了，胆子也大了起来，他双手拔出烤鸡肝的刀，扑上去就要刺大场重玄。宰相一见大喝道：'柳濑，你想干什么？'可这时清八并不理会宰相的呵斥，大喊着：'大鹰一抓到猎物，就必须得给它吃肝脏才行。'说着继续刺向重玄。宰相勃然大怒，迅速掏出手枪，以他平时练就的好枪法，当场击毙了清八。"

第二个原因是因为治修一直特别看重三右卫门。有一次，三右卫门和另一武士一同前去控制精神病，结果二人都受了伤。而且，那个武士的眉间及三右卫门的左脸均被打得发紫，肿得老高。治修把二人叫来，给予重赏，随后问道："感觉如何，还疼吗？"那个武士一听，马上答道："谢主隆恩，所幸伤口已不疼。"然而待到三右卫门回话时，他却苦着脸说道："如此重伤，若说不疼，岂非死人？"自此以后，治修便觉三右卫门此人诚实可信，认为他不说花言巧语，乃值得信任之人。

此乃治修识人处世之道，故此次他亦相信，若要弄清事情原委，必得仔细询问三右卫门，除此别无捷径。

听闻宰相传唤，三右卫门恭恭敬敬前来觐见，然而面上毫无惧色。三右卫门脸色微黑、肌肉紧绷，多少有些暴躁，从中亦能看出其内心之坚定。治修首先问道：

"三右卫门，听说数马趁夜偷袭于你，看似心怀仇恨，你可知所为何事？"

"您问他有何仇恨，然而下官全然不知。"

治修稍作沉思，再次追问：

"你毫无印象吗？"

"确实毫无印象。不过倒有一事，难不成是为此而怀恨在心吗？"

"到底是何事？"

"此事约莫发生在四日前。本年最末一场比武在教头山本小左卫门大人的道场举办，其时下官代替小左卫门担任裁判一职。但下官仅裁决非在册的低级武士的比试，数马上场比赛之时，亦由下官担任裁判。"

"与数马对阵者为何人？"

"乃近侍平田喜大夫大人之长子，名多门。"

"如此说来，数马在比试中落败了？"

"确实如此。多门击中前臂一次，击中头部两次，而数马却一次也未击中。换言之，三次定胜负的比试，数马可谓惨败而归。因为下官是裁判，数马或许因此而怀恨在心了吧。"

"如此看来，数马是觉得你担任裁判有不公之处吗？"

"正是如此。下官并无不公，亦绝无可能不公。但数马可能怀疑下官有不公之处。"

"平时你们关系如何？你可记得是否曾跟数马发生过争执？"

"并未发生过争执。只是……"

三右卫门稍稍迟疑起来，但看起来并非在犹豫是否要说，而是在考虑该从何说起。治修依旧和颜悦色，静静地等待三右卫门开口。不多久，三右卫门再次开口说道：

"事情是这样的。比赛前一日，数马突然造访，说是为之前的失礼而道歉。但之前的失礼所为何事，下官完全不知。而且，无论下官如何询问，数马只是苦笑，不肯告知。无奈之下，下官只能回复数马说道：'既然我不记得你有何失礼之处，那就不能接受你的道歉。'数马听了之后，似乎也明白了下官的意思，很诚恳地说道：'可能是我弄错了，请不要放在心上。'下官记得，他那时并非苦笑，而是在微笑。"

"那数马到底弄错什么了呢？"

"下官也是百思不得其解。但，这些都是微不足道的小事吧——除此之外，再无其他事了。"

至此，双方又陷入了短暂的沉默。

治修又问："那么，你觉得数马性格如何？是否觉得他生性多疑？"

"下官不认为他性格多疑。一定要说的话，下官认为他跟所有年轻人一样，简单直率，喜怒形于色，——

与之相应的，情绪似乎也有些容易激动。"

三右卫门稍作停顿，深深地叹了口气，似乎还有话要说。

"此外还有一件事，数马与多门的那场比试其实是一场重要比试。"

"重要比试是何意？"

"数马并非登记在册的武士，但若能在那场比试中获胜，则可被登记在册[①]。但多门亦然，二人处境相同。数马与多门师出同门，实为不分伯仲的师兄弟。"

治修沉默良久，似乎在思考什么。突然，他想起了什么似的，转而问起了三右卫门杀死数马当晚的情况。

"数马确实是在马场的下面等你的吗？"

"下官觉得应该是的。当日夜间突降大雪，下官撑着伞，从御马场下面走过。当日外出，正好未带随从，亦未穿戴雨衣。到马场下面时，突然一阵狂风大作，雪从左侧猛吹过来，下官迅速将半撑开的雨伞向左侧

[①] 被"登记在册"是表示武士的武艺精进，具有了独自授徒的资格。——译者注

倾斜。就在此时，数马突然杀将过来，但所幸未能伤及下官，仅砍断了雨伞。"

"一言不发，直接砍将过来的吗？"

"下官记得他未曾开口说话。"

"当时你认为偷袭者是谁？"

"当时根本来不及思考。在他砍断伞的瞬间，下官便下意识地跳向了右侧，木屐似乎也是在那时掉了。紧接着，第二刀砍了过来。这第二刀划破了下官的外衣袖子，裂口约有五寸长。下官再次跳开，同时拔刀进行了反击，应该就是在这一瞬间刺中了数马的腹部。对方大叫了一声……"

"他说了什么？"

"下官没听清他说了什么。他只是在激烈的交战中喊出了声。下官也是在那个时候才清楚地知道他是数马。"

"是因为你听出他的声音了吗？"

"不是，并非如此。"

"那你为何会突然知道他是数马？"

治修凝视着三右卫门，三右卫门却不作任何回复。

治修再次追问了一遍同样的问题,但这次三右卫门仍只是低头看着自己的服饰,不肯轻易开口。

"三右卫门,你到底是如何得知?"

治修的语气忽然变得严厉,仿佛变了一个人一样。突然改变态度也是治修惯用的手段之一。此时的三右卫门仍旧只是低着头,不过却张开紧闭的嘴,开始说话了。然而,他所说的并非是在回答治修刚才的疑问,而是消沉的谢罪之言,这令治修深感意外。

"手刃大人身边的得力武士,此乃下官三右卫门之罪。"

治修稍稍皱起眉头,眼睛不失威严地注视着三右卫门。三右卫门接着说道:

"数马对下官怀恨在心亦是理所应当的。下官在担任裁判时,确实有不公之处。"

治修的眉头皱得更紧了:

"你刚才不是说并无不公、绝不会不公吗?……"

"此言非虚。"

三右卫门字斟句酌地慢慢思考着,一边回忆道:

"下官所言不公并非那种不公。如前所说,下官从未想过要故意让数马输、多门赢。但也不能就此说明下官并无不公。事实上，相比多门，下官一直更看重数马。多门的武艺很狭隘，是只在乎胜负的邪门歪道，为了赢，可以采取任何卑劣的手段。而数马的武艺正相反，是随时随地都能堂堂正正战斗的正道之术。当时下官心想，若能再过二三年，多门一定无法匹敌数马……"

"那你为何要让数马输呢？"

"是啊，问题正在于此。相比多门，下官其实更想让数马赢得比赛。但下官是裁判，身为裁判，无论何时，都应抛却私心，一旦手持裁判扇置身二人的竹刀之间，便只能遵循规则。正因为下官心中是这么想的，故在多门与数马比试时，心里便只想着要秉公执法。但正如刚刚所言，下官心里一直期待数马能赢，也就是说，下官心里的天平实际上偏向了数马。因此，为了保持内心天平的平衡，自然就会往多门的一边多加砝码。而且，事后回忆起来，下官应该是砝码加得过多了，对多门过于宽容了，结果便是对数马过于严苛。"

说到此处，三右卫门再次停了下来。而治修仍旧一言不发，只是侧耳倾听。

"当时他们二人都拿刀尖瞄准对方的眼睛，谁都没有先动手。在此期间，多门可能发现了数马的破绽，直取他的头部。但数马大吼一声，利落地挡住了攻击，同时击中了多门的前臂。下官的不公正裁判应该就是始于这一瞬间。下官确实认为这一回合是数马获胜，然而很快又否定了这一想法，觉得数马的那一击可能有些太弱。正是这一念头的转变阻止了下官做出裁决，本该朝着数马的方向举起的扇子[①]，最终也没能举起。接下来，他们二人继续拿刀尖瞄准对方的眼睛，僵持了一段时间后，数马首先出手砍向多门的前臂，但多门挡住了数马的竹刀，并借势砍向数马的前臂。比较这一回合二人的击打，多门是比数马弱的，至少不比数马强。然而在那个瞬间，下官却朝着多门的方向举起了扇子，判定多门获胜。这就意味着，多门获得了第一场胜利。下官当时就意识到事情不对了，但依然在内心深处对自己说道：'不，我的裁判没有错，觉

[①] 比赛中，裁判会通过朝左或朝右举起扇子，来表示获胜的一方。朝上则表示平局。——译者注

得自己有错是因为我在心理上偏袒着数马。'……"

"后来发生什么了？"

治修的表情稍显沉重，但面对再次停下来的三右卫门，他还是继续催促他往下讲。

"他们二人像刚开始那样重新调整各自的竹刀方向，在下官印象中，这次对峙是持续时间最长的一次。数马的竹刀刚碰到对方的竹刀，突然就转而刺向了多门的喉咙。这一击非常有力，但多门的竹刀也在同时击向了数马的头部。下官笔直朝上举起了扇子，以示平局，但实际上，那一回合或许并非平局。或者说，当时下官很难裁决谁先谁后。不，或许是数马刺向多门喉咙在先，遭对方打击头部在后。但不管怎样，被判平局的二人很快开始了第四次对峙。结果，这次首先进攻的依然是数马，他再次刺向对方喉咙，可这次竹刀所刺位置略高了，多门趁机从数马的竹刀下击打了他的护胸。接下来二人又互相对打了约十个回合，最后一击是多门的进攻，他有效击打了数马的头部。……"

"数马的护面具如何了？"

"他的护面具被彻底打落了。这在任何人看来，都毫无疑问是多门获胜了。数马被打落护面具后，渐渐变得急躁起来。下官每看一眼急躁的数马，心里都想着下一次一定要朝数马举扇，可谁知越这么想就越犹豫，越难举起扇子。二人再次对峙，不久又对打了七八个回合。在此期间，不知数马怎么想的，竟想要跟多门拼命了。下官之所以说不知他如何作想，是因为若是平时，数马是绝不会这么做的。下官大吃一惊。当然，下官大吃一惊也很正常。很快，多门在躲避的同时，再次巧妙地打落了数马的护面具。这最后一场胜负几乎毫无悬念。最终，下官三次都朝着多门举起了扇子。——下官所说不公就是这么回事。按下官心里的那杆秤，或许可以说，对多门的偏袒虽仅有毫厘，结果却谬以千里。数马因为下官的这一点不公，就输了这场重要比试。如今看来，数马对下官的怨恨也并非不可思议。"

"那么，你在还击时是如何得知对方是数马的呢？"

"这点下官其实也并不清楚。但如今想来，应该是因为下官在内心深处一直觉得对不起数马，所以才会在瞬间明白那恶人乃是数马。"

"这么说，你还是同情数马的结局的？"

"确实如此。而且，正如方才所说，——杀死大人的得力武士，下官实在愧对主上。"

语尽至此，三右卫门再次埋下了头。寒冬腊月的天，额上却冒出了晶莹的汗珠。渐渐地，治修也恢复了情绪，他豁达地连点了几下头，说道：

"好，好。我知道你的想法了。你也许做错了，但也是没办法的事，只是今后……"

治修顿了顿，瞄了一眼三右卫门的脸。

"你在对方朝你砍来时，就已经知道他是数马了，对吧？那为何还要杀死他呢？"

三右卫门听到治修的质问，立刻昂然地抬起了那张微黑的脸，双目如先前一般，蕴含着无畏的光芒。

"那是无法轻易饶恕的。三右卫门是家臣，但也是武士。就算同情数马，也不会同情恶人。"

1923 年 12 月

小　白

一

一个初春的下午，有只叫小白的狗一边嗅着泥土的气息，一边走在安静的街道上。狭窄的道路两侧是绵延的矮树篱笆，冒出嫩芽的树篱之间还夹杂着些许盛开的樱花。小白沿着树篱往前走,突然拐进一条小巷。可刚拐进去,它就像受到了惊吓一般,猛地停下了脚步。

这也不怪它,因为在那条小巷往前十来米的地方,有一个穿着商号工作服的宰狗的屠夫,正把套索藏在身后,准备捕捉一条黑狗。而那只黑狗却浑然不觉,只顾埋头吃着屠夫扔给它的面包还是什么。但让小白受惊的并不仅仅是这个,如果是不认识的狗倒还好,但现在被屠夫盯上的正是小白邻居家的小黑。它们每天早上一见面,就会互相嗅嗅鼻子,是非常要好的朋友。

小白不禁想要大声喊一声"小黑,危险!"可就在此时,那个屠夫瞪了小白一眼,那眼神就像在威胁它:"你敢喊一声试试!我就先把你套起来!"小白害怕极了,不禁忘了叫喊。不,岂止是忘了叫,简直是吓得魂飞魄散,一刻也待不下去了。小白一边注意着那个屠夫,一边开始慢慢后撤。等到完全躲进树篱后面看不到屠夫的身影了,它便抛下可怜的小黑,一溜烟地逃走了。

套索就是在那个当儿飞出去的吧,紧接着就传来了小黑凄厉的叫声。然而,小白不仅没有折回,甚至连一步都没有停下过。它越过了泥泞,踢散了碎石,钻过了拦路绳,撞翻了垃圾箱,头也不回地拼命逃跑。瞧瞧!它跑下了山坡!哎呀,差点被汽车轧到!小白现在脑子里只有逃命了吧,不,还有小黑的悲鸣在它的耳中不停回响,就像牛虻在嗡嗡叫。

"嗷呜,嗷呜,救命啊!嗷呜,嗷呜,救命啊!"

二

小白跑得上气不接下气,终于回到了主人家。它钻过黑色院墙下的狗洞,绕过储物间,来到了狗窝所在的后院。小白像一阵风似的,跑进了后院的草坪。只要逃到这里,就不用担心中圈套了。而且,小姐和少爷也在碧绿的草坪上掷球玩呢。小白看着眼前的光景,真不知有多高兴。它摇着尾巴,一溜烟地朝着他们飞奔了过去。

"小姐!少爷!我今天遇见宰狗的屠夫了。"

小白抬头望着他们,气喘吁吁地说道。(不过,小姐和少爷听不懂狗的语言,他们只听到了汪汪的叫声。)可今天怎么回事,小姐和少爷都像愣住了一样,连它的脑袋也不抚摸一下。小白觉得很奇怪,于是又对着二人说了一遍。

"小姐!你知道杀狗的屠夫吗?那可是个可怕的家伙。少爷!我逃掉了,可邻居家的小黑却被抓住了。"

尽管如此,小姐和少爷也还是面面相觑。不仅如此,一会儿过后,他们俩还说了一段莫名其妙的话:

"这是哪儿的狗呀,春夫?"

"是哪儿的呢,姐姐?"

哪儿的狗?这次轮到小白愣住了。(小白能听懂小姐和少爷的话。很多人因为我们人类听不懂狗的语言,就以为狗也完全听不懂我们人类的语言,但实际上并非如此。狗能学会杂技表演,就是因为它们能听懂我们的语言。但因为我们听不懂狗的语言,所以狗教给我们的本领,例如暗中窥物、嗅闻味道等等,我们一个也学不会。)

"什么哪儿的狗?是我啊!我是小白啊!"

然而,小姐还是有些嫌弃地望着小白。

"是邻居家小黑的兄弟吗？"

"或许就是小黑的兄弟吧。"少爷一边玩着球棒一边回答，就像经过了一番认真思考。

"因为这家伙也是浑身漆黑呢。"

小白突然觉得背上的毛都立起来了。浑身漆黑？不可能。因为小白从还是小狗的时候开始，就一直白得像牛奶一样。不过，现在看看这前腿，不——不光是前腿、胸部、腹部、后腿，还有修长俊俏的尾巴，全都像锅底一样漆黑。浑身漆黑！浑身漆黑！小白像疯了似的，一边跳来蹿去，一边狂吠不止。

"哎呀，怎么办？春夫，这狗准是条疯狗吧。"

小姐呆呆地站在那里，带着哭腔说道。不过，少爷很勇敢，他用棒球棍一下就击中了小白的左肩。紧接着，第二棒也朝它的头上抡过来了，但小白从下面钻了过去，飞快地朝着原路逃跑了。但它这次没有像刚才那样逃出去一两条街。在草坪尽头的棕榈树下，有一座奶白色的狗屋。小白来到狗窝前，回头看着它的小主人们。

"小姐！少爷！我就是小白啊。就算变成浑身漆黑，我也还是那个小白啊。"

小白的声音微微颤抖着，充满了无法言喻的悲伤和愤怒。然而，小姐和少爷无法明白小白此刻的心情。事实上，小姐此刻正在厌恶地边跺脚边说道：

"它还在那儿叫呢，真是一只厚脸皮的野狗啊。"少爷也——少爷捡起小路上的碎石子，使劲朝小白扔了过来。

"可恶！你还在那儿磨蹭呢。还不快滚？还不快滚？"碎石子不断地飞来，有的打到了小白的耳根，都渗出了血。小白终于夹起尾巴，钻到了黑色院墙外。外面是一片明媚的春光，一只菜粉蝶正在阳光下惬意地翩翩飞舞。

"啊，从今往后，我也要变成一只丧家犬了吗？"

小白叹息着，久久地站在电线杆下，呆呆地仰望着天空。

三

小白被小姐和少爷赶出家门后,开始在东京四处游荡。但无论到哪里,它都无法忘记自己那已变得漆黑的身体。小白害怕理发店里给客人照脸的镜子,害怕雨后街道上留下的倒映着蓝天的水洼,害怕路旁橱窗上映照着嫩叶的玻璃。不仅这些,它甚至害怕咖啡馆餐桌上斟满黑啤酒的玻璃杯。——然而,怕又有什么用呢?瞧瞧那辆汽车。是的,就是停在公园外的那辆黑色大轿车,漆黑锃亮的车身上映照着向它走来的小白的身影。——清清楚楚,就像镜子一样。那些能映照出小白身影的东西,就像那辆在等客人的汽车一样,随处可见。小白看到了这些,该有多害怕啊。那个,瞧瞧小白的脸。它痛苦地呻吟了一声,然后就飞快地跑进了公园。

公园里,微风拂过法国梧桐的嫩叶。小白一直低着头,在树与树之间游走。幸运的是,这里除了池塘,没有其他可以映出身影的东西,能听到的也只有聚集在白玫瑰上的蜜蜂的嗡嗡声。公园里的氛围一片祥和，小白暂时忘记了连日来的悲伤——变成一只丑陋黑狗的悲伤。

然而，就连这样的幸福，也不知有没有持续五分钟。小白宛如做梦一般走到排列着长椅的路边，就在这时，从路的拐角处传来了一阵刺耳的狗叫声。

"嗷呜，嗷呜，救命啊！嗷呜，嗷呜，救命啊！"

小白不由得身体一震。这个声音让它在心中再次清晰地想起小黑那可怕的结局。它紧闭双眼，想朝原路逃跑。但那真的只是一瞬间的事。小白发出一声低吼，精神抖擞地转过了身去。

"嗷呜，嗷呜，救命啊！嗷呜，嗷呜，救命啊！"

如今这声音在小白听来，就像是在说：

"嗷呜，嗷呜，别当胆小鬼啊！嗷呜，别当胆小鬼啊！"

小白低下头，飞快地朝着声音传来的方向跑去。

但来到那里一看，出现在它眼前的并不是什么杀狗的屠夫。只是两三个穿着西服的孩子，好像刚放学回家。他们拖着一只脖子上系着绳子的茶色小狗，正在大声地吵吵嚷嚷。小狗拼命地挣扎，不想被他们拖走，所以不停喊着"救命啊"。但孩子们根本不听它的吠叫，只是嬉笑着怒骂着，或者用鞋子踢踢小狗的肚子。

小白毫不犹豫地冲着几个孩子狂吠起来，突如其来的袭击让他们吃惊不小。事实上，小白的眼中升腾着怒火，口中龇出利刃般的獠牙，一副气势汹汹的架势，似乎马上就要咬人一般。孩子们见状四下逃散开去。有的甚至狼狈不堪地冲进了路边的花坛。小白追出去几米后，突然回头看了看那只小狗，责备似的对它说道：

"好啦，跟我一块儿走吧。我送你回去。"

小白一路狂奔，再次跑进了之前的那个树林。茶色小狗也开心地跑了起来，钻过了长椅，踢乱了蔷薇，毫不示弱，只是脖子上还拖着那根长长的绳子。

两三个小时后，小白和茶色小狗一起站在了一家破旧的咖啡馆前。虽然是白天，但里面也有些昏暗，已经亮起了红色的电灯，喑哑的留声机似乎是在播放"浪花小调"还是什么。小狗得意地摇着尾巴，对小白说道：

"我就住在这里，就在这家叫大正轩的咖啡馆里。

叔叔你住哪里啊？"

"叔叔？——叔叔住在离这儿很远的一条街上。"

小白有些落寞地叹了口气。

"那叔叔也要回家了。"

"请稍等。叔叔的主人凶不凶？"

"主人？你为什么要问这个？"

"如果你的主人不凶的话，你今晚就住在这里吧。还有，我也要让我妈妈感谢你对我的救命之恩。我家里有各种各样的美味佳肴呢，牛奶、咖喱饭、牛排等等。"

"谢谢，谢谢。不过叔叔还有事，下次再一起吃饭吧。——那就代我向你妈妈问好啊。"

小白抬头看了看天空，然后静静地走向了石子路。咖啡店屋檐的上空，弯弯的月牙也渐渐亮了起来。

"叔叔，叔叔，我说叔叔！"

小狗有些伤心地哼了一声。

"那么，请至少告诉我你的名字吧。我的名字叫拿破仑，当然也有人叫我小拿波或拿波公。——叔叔你叫什么名字啊？"

"叔叔叫小白。"

153

"小白吗？你叫小白，可真奇怪啊。叔叔不是浑身漆黑的吗？"

小白心里很不是滋味。

"但我还是叫小白的。"

"那么，我就叫你小白叔叔吧。小白叔叔，过几天请一定再来一次啊。"

"那么，拿波公，再见！"

"请多保重，小白叔叔！再见，再见！"

四

小白后来怎样了？——这就不一一细说了，各类报纸上也都有报道。想必大家都知道吧，有一只勇敢的黑犬，屡次挽救生命于危险关头。有一段时间，还流行过一部叫《义犬》的电影。那只黑犬就是小白。但如果不巧还有人不知道的话，就请读一读下面摘引的这些新闻报道吧。

《东京日日新闻》：昨日（五月）十八日上午八

点四十分钟，奥羽线上行列车在经过田端站附近的铁路道口时，因为道口守卫的过失，田端一二三公司的职员柴山铁太郎的长子实彦（四岁）走到了列车通行的铁轨上，险些被火车轧死。就在这时，一只勇猛的黑犬闪电般地冲进了道口，从迫至眼前的列车车轮下，成功地救出了实彦。这只勇敢的黑犬却在人们议论纷纷之际悄然离去了，即使想表彰也办不到，当局甚感为难。

《东京朝日新闻》：美国富豪爱德华·巴克雷先生的夫人现于轻井泽避暑，还有她非常宠爱的波斯猫。但近日该别墅内出现一条七尺多长的大蛇，想吞食阳台上的波斯猫。就在此时，一只从未见过的黑犬突然跑去救猫，经过二十分钟的搏斗，终于咬死了大蛇。但事后这只勇敢的黑犬却失去了踪影，故夫人悬赏五千美元，以寻找此犬的下落。

《国民新闻》：三名第一高中的学生在翻越日本阿尔卑斯山脉的过程中，曾一度失去联络，但最终于（八月）七日抵达了上高地的温泉。一行人在穗高山和枪岳之间迷了路，加上在前几日的暴风雨中丢失了帐篷和粮食，他们几乎做好了无法生还的准备。然而，就在他们走投无路之际，不知从何处跑来的一条黑犬出现在了众人迷路的溪谷，一直走在前面，就像给他们带路一样。一行人跟在该犬后面走了一天多，终于到达了上高地。据说，该犬一见眼下温泉旅馆的屋顶，便高兴地叫了一声，随即消失在了山白竹之中。三个高中生都相信，该犬乃是来自神明的保佑。

《时事新报》：（九月）十三日名古屋市发生大火，烧死十余人，名古屋市长横关等人也险些失去爱子。因家人疏忽，其子武矩（三岁）被遗忘在大火中的二楼，就在他即将葬身火海时，有一条黑犬将其叼了出来。市长随即下令，今后名古屋境内，一律禁止捕杀野犬。

《读卖新闻》：宫城巡回动物园在小田原町城内公园展出，连日来颇受欢迎。（十月）二十五日下午二时左右，该动物园一头西伯利亚狼突然破坏了坚固的兽栏，咬伤两名门卫后，往箱根方向跑了。小田原警署为此紧急动员，在全市范围内布下警戒线。下午四点半左右，该狼出现在十字路口，和一只黑犬展开撕咬。黑犬奋力搏斗，终于制服了敌人。正在附近警戒的巡警赶到现场，立即将狼枪毙。这只狼名叫鲁普斯·吉甘蒂克斯，据说是最凶猛的一种。宫城动物园主认为枪毙狼是不应该发生的，扬言要起诉小田原警署署长。等等。

五

秋天的一个深夜。身心俱疲的小白再次回到了主人家。当然，小姐和少爷早就上床睡觉了。不，此刻可能没有一人醒着。后院静悄悄的草坪上空，惟有一轮白色的月亮高高挂在棕榈树的树梢上。露水濡湿了小白的身体，它在昔日的狗屋前稍作休息。然后看着寂寞的月亮，它开始自言自语了起来：

"月亮啊，月亮！我曾经对小黑见死不救。我的身体变得浑身漆黑，想必就是受此惩罚吧。可自打离开小姐和少爷之后，我便与一切危险作战。那是因为，每当见到自己比炭还黑的身子，就会对自己过去的怯懦感到无地自容。但这一身黑让我深恶痛绝——我想终结这个黑色的我，为此我跳过火坑，也与恶狼搏斗过,可奇怪的是,我这条命,任凭多强的对手都夺不走。恐怕死神见到我都会逃之夭夭吧。我内心的痛苦无法言喻,惟有下定决心一死了之。可即便要死,也想再看一眼疼爱过我的主人。当然,小姐和少爷明天一见到我,准会又当我是条野狗。如此说来,兴许还会被少爷的球棒打死,但那倒正是我求之不得的好事。月亮啊,月亮!除了见见主人之外,我已别无所求。所以,我今晚才大老远又跑回这里。等天一亮,就让我见到小姐和少爷吧!"

小白自言自语地说完后,便把自己的下巴搁到草地上,不知不觉沉沉地睡着了。

"真让人吃惊啊,春夫。"

"怎么了,姐姐?"

小白听到小主人的声音,猛地睁开了眼睛。只见小姐和少爷正伫立在狗屋前,不可思议地面面相觑。小白抬了抬眼睛,目光再次落到草地上。当初自己从白色变成黑色的时候,小姐和少爷也像现在一样吃惊。一想到当时的悲伤,小白甚至有些后悔现在回来了。就在这一瞬间。小男孩突然跳起来,大声叫道:

"爸爸！妈妈！小白又回来了！"

小白？小白不由得跳了起来。姐姐大概以为它会就这样逃走吧，于是伸出双手，紧紧地按住小白的脖子。同时，小白也转眼凝视着小姐。她漆黑的眼珠里清晰地倒映着狗窝。当然，自然是高高的棕榈树下的那间奶白色狗屋。可是，狗屋前却坐着一只米粒大小的白狗，又干净又秀气。小白有些恍惚地望着这只狗。

"哎呀，小白在哭呢。"

小姐就那样抱着小白，抬头看了一眼少爷的脸。至于少爷——瞧瞧，正耍着少爷的威风呢！

"咦，姐姐你怎么也在哭啊！"

1923 年 7 月

一　块　地

阿住的儿子离世是在采茶季刚开始的时候。他叫仁太郎，此前大约八年的时间里，一直瘫痪在床。对于这样一个儿子的离世，大家都说他会"来世享福"，所以就连阿住心里也并非全是悲伤。在往仁太郎的棺木前供香时，她确实感到了一种如释重负的舒畅。

在处理完仁太郎的葬礼后，阿住首先要解决的就是儿媳妇阿民的去留问题。阿民有个儿子，她还代替卧病在床的仁太郎承担了几乎所有的农活。如果现在就让她离开，别说孩子没人照顾，就连家里的日子都会过不下去。阿住盘算着，等过了儿子的四十九天忌日，就给阿民招个上门女婿，让她像以前儿子在世时一样继续留在家里干活。她连人选都想好了，就是仁太郎的表弟与吉。

然而正因为打算得太好了，所以当她在头七的第二天早上看到阿民开始收拾东西时，心里感到无比慌乱。当时，阿住正看着孙子广次在里屋的走廊里玩耍，给他的玩具是从学校偷摘回来的一枝盛开的樱花。

"那个，阿民，我至今什么话都没对你说，是我不好，但你，这是打算抛下我跟孩子，一个人走了吗？"

阿住的一番话与其说是在责备，更像是在诉苦。然而阿民头也没回，只是笑着说了一句："你在说什么呢，婆婆？"但就是这么一句话，不知道让阿住放了多少心。

"就是啊，我也觉得你绝不会做出那种事的……"

阿住还在翻来覆去地念叨,半是埋怨半是恳求。但同时,她又渐渐地被自己的话弄得感伤起来,到最后竟哭了起来,几行眼泪顺着满是皱纹的脸颊流了下来。

"是啊,只要您愿意,我也希望可以一直在这个家里呢。——再说还有这么个孩子,我怎么舍得离开呢。"

阿民不知何时也是满含泪水了,她把广次抱到腿上,不料广次却像有些害羞似的,只惦记着扔在里屋旧草席上的那枝樱花。

阿民照旧埋头干活,跟仁太郎在世时并无两样。唯独招女婿一事,进展不像阿住预想的那样顺利。阿民似乎对这件事毫无兴趣。当然,阿住只要一有机会,就会不动声色地打探阿民的心思,或者直接跟她商量。可阿民每次都只是敷衍搪塞,说什么"好的,那就等明年再说吧"。对此,阿住无疑又是担心又是开心。她决定忍着周围的闲言碎语,暂且就依儿媳妇,等过了年再说。

然而到了第二年,阿民还是每天只顾着去田里干活，除此之外什么都不想。阿住只好再次劝说阿民赶快招个女婿，态度比去年还要恳切。原因之一是因为她遭到了亲戚的指责，周围的邻居也在她背后说三道四，这让她深感痛苦。

"可是，阿民，你现在还这么年轻，没个男人怎么过得下去呢？"

"就算过不下去也没办法了。如果真招个男人到家里来，您看看会怎样？广儿会很可怜，您也会受拘束，我的辛苦就更不用说了。"

"所以说，要把与吉招上门啊。你上次不也说，那小子突然不去赌博了吗？"

"就算他是婆婆的亲戚，但对我来说也还是个外人。无论什么，只要我能忍着就……"

"可是，这忍耐可不是一两年的事啊。"

"没关系，一切为了广儿。我现在受点苦，家里的地就不会被人分走一半，以后就能完整地交给广儿了。"

"可是，阿民（阿住每次说到这儿，总要很严肃地压低嗓音），不管怎么说，人言可畏啊。你现在我面前说的这些话，也要原原本本地说给其他人听听啊……"

像这样的对话，两人之间不知道进行过多少次了。但阿民的决心非但没有因此而动摇，反而变得更加坚定了。事实上，阿民也没要男人帮忙，一个人种红薯、割麦子，干起活来比以前更卖力了。不仅如此，到了夏天，她还要养母牛，下雨天也照样出去割草。这种拼命干活的状态，是她对招女婿一事表现出的强烈反抗。阿住也渐渐放弃了招女婿的念头。但对她来说，放弃未必就是一件不愉快的事。

阿民凭借着女人的一双手，维持了一家人的生活。这一方面固然是出于"为了广儿"这一信念，但还有另一个原因，那就是潜藏在她内心深处的遗传的力量。阿民的父亲是从寸草不生的山区移居到这一带来的，也就是所谓的"外乡人"，而她则是"外乡人"的女儿。

"你家阿民力气可真大啊，真是人不可貌相。我上次还看到她背着四大捆旱稻从我面前走过去了呢。"阿住已经多次从邻居老太太那里听到这样的话了。

阿住想通过多干活来表达对阿民的感谢。带孙子、喂牛、烧饭、洗衣服、去隔壁打水，——家务活也不少呢，但她还是佝偻着腰身，煞是快活地忙碌着。

一个深秋的夜晚，阿民抱着一捆松叶，疲惫不堪地回到家中。当时阿住正背着广次，在狭窄的土间[①]一角烧洗澡水。

"很冷吧？今天回来得可真晚啊！"

"今天比平时多干了一点活儿。"

阿民把那捆松叶扔到水池边，连沾满泥的草鞋也没脱，就爬进了屋里，坐到大火炉旁。火炉里燃烧着一棵栎树根，红色的火苗跳跃着。阿住想立刻站起身来，但因为身上背着广次，如果不抓住浴桶的边缘，就很难站起来。

"你赶紧洗个澡吧！"

"待会儿再洗，我这会儿饿得不行了，还是先吃点红薯什么的吧！——有没有煮好的，婆婆？"

阿住有些蹒跚地走到水槽前，把煮熟的红薯连锅一起端到了火炉边。

[①] 日本屋内一般会铺木板，木板上铺草席，进屋需脱鞋。不铺地板而直接露出泥土的地方就叫"土间"，不需要脱鞋。——译者注

"早就煮好了等着你呢,不过,好像已经凉了吧?"

两个人把红薯串在竹签上,一起放到火炉上去烤。

"广儿睡得很熟了呀,把他放到床上去好了。"

"那怎么行,今天简直冷得不像话,要是把他放下去,说不定就睡不着了。"

二人说话间,阿民已经开始狼吞虎咽地吃起了红薯。这种吃法只有劳动了一天、疲惫不堪的农民才懂得。她把红薯从竹签上拔下,随即一大口咬了下去。广次轻轻地打着鼾,阿住感受着背上那份沉甸甸的重量,一边不停地烤着红薯。

"不管怎么说,像你这么拼命干活,肯定比别人饿得更厉害啊。"

阿住不时用赞叹的眼神看着儿媳妇,但阿民却始终不作声,只是借着熏黑的木柴燃起的火光,大口大口地嚼着红薯。

阿民干活越发拼命了,承担起了一项又一项原本由男人干的重活。有时晚上也会提着煤油灯,在地里梭巡着间菜。阿住一直很尊敬这个比男人还能干的儿媳妇。不,与其说是尊敬,不如说是敬畏。除了下地和上山，阿民把其他所有的活计全都推给了阿住。最近她连自己的贴身衣物都难得洗了。尽管如此，阿住也从不抱怨，硬撑着佝偻的腰背，拼命地干活。不仅如此，如果遇到邻居老太太，她都会一脸认真地极力夸奖儿媳妇："反正阿民就是那样拼命，所以啊，即使哪天我死了，家里也不会过不下去的。"

然而，阿民的"赚钱病"并不那么容易治愈。又过了一年，这次她提出要翻改河对岸的桑田。按她的说法，那块不到一亩的地要付十日元地租，怎么想都太亏了。与其如此，不如在那儿种桑树，再利用空闲的时间来养蚕，只要蚕茧的行情不发生大变动，一年至少能赚一百五十日元。可就算想赚钱，只要一想到会比现在更忙，阿住就觉得难以忍受。特别是费心费力的养蚕工作，根本不用考虑，已经完全超过她的限度了。最终，阿住忍不住带着怨气进行了反抗。

"听好了，阿民。我并非想要推托，但就算不推托，家里既没有男人，还有个哭闹的孩子，就算是维持现状，也已经是超负荷了。可你居然胡思乱想什么养蚕，怎么可能做到呢？你多少也为我考虑一下吧。"

阿民被婆婆这一番哭诉，也觉得再坚持己见就有些不近人情了。不过，尽管她放弃了养蚕，但仍执意要种桑树。"好啦，反正去地里干活也是我一个人。"——阿民一边不服气地看着阿住，一边有些嘲讽地嘟囔着。

在那之后，阿住又想起了招女婿的事。以前她因为担心生活，担心流言蜚语，所以也曾多次想过此事。但这次不一样，她是想有片刻时光可以逃离做家务的痛苦，所以才想起要招女婿的。正因为如此，她这次想招女婿的心情比以往任何时候都更为迫切。

正是屋后柑橘地里开满花的时节，阿住坐在煤油灯前做着手工活，一边隔着大大的夜用眼镜，慢慢地提起了这个话题。然而，盘腿坐在炉边的阿民只是嚼着咸豌豆，丝毫也没有要理会她的意思："又是招女婿的事啊，我不知道。"如果是以前的阿住，到这一步一般就放弃了。不过这次不同了，她竟死乞白赖地劝说了起来：

"可是，你也不能老是这么说啊。明天要参加宫下的葬礼吧，正好轮到我们家去挖墓穴了，这种情况要是没个男人的话……"

"没事啊,我会去挖的。"

"那怎么行呢,你一个女人家……"

阿住本想故意笑一下,但一看到阿民的脸色,便又觉得贸然发笑有些欠妥。

"婆婆,您是不是想在家享清福了?"

阿民盘腿而坐,手臂抱着竖起的一只膝盖,嘴上冷冷地刺了阿住一根钉子。阿住突然被她击中要害,不由下意识地摘掉了大眼镜。但她自己也不知道到底为什么要摘下来。

"什么呀,你,怎么能说出那种话来!"

"广儿他爹死了之后,你自己也说过这件事,难道都不记得了吗?你说要是我们家的地被人一分为二的话,就对不起祖先了……"

"是啊,我是说过那样的话。但你也好好想想,有句话叫'识时务者为俊杰',这也是没办法的事啊……"

阿住拼命辩解着需要男劳力的原因,然而就连她自己都觉得那些说法缺乏说服力。这首先是因为她无法说出自己的真心话——也就是说,她不能说是因为自己想过得轻松点。而阿民又看穿了她的心思,所以岿然不动地嚼着咸豌豆,一边毫不留情地责备婆婆。这也让阿住第一次知道,原来阿民生来就是个伶牙俐齿的人。

"你可能觉得这么安排挺好,因为你会先死。——但是,婆婆,如果你是我,你会这样破罐子破摔吗?我也不是因为清高或者想要炫耀,才宁愿当一辈子寡妇的。晚上浑身疼得睡不着觉的时候,我也认真想过,即使自己这样强撑着也没什么用。但没用归没用,这也是为了这个家,为了广儿,这么一想,就还是擦干眼泪坚持干下去了……"

阿住有些茫然地望着儿媳妇的脸。渐渐地,她心里明白了一个事实,那就是无论她怎么挣扎,她在闭眼之前都不可能得到清闲了。阿住听完儿媳妇的话,重新戴上那副大眼镜,然后半自言自语地结束了这次谈话。

"不过呢,阿民,人生在世,光讲大道理是行不通的,你也好好想想吧,我也没什么可说的了。"

大约二十分钟后,村里的一个小伙子一边用他浑厚的中音唱着山歌,一边慢慢地从阿住家的门前走过。"年轻的阿嫂啊,今天来割草,青青的草儿啊,任由你采割。"——歌声渐渐远去,阿住再次隔着眼镜,瞥了一眼阿民的脸。而阿民照旧坐在煤油灯的对面,伸长着双腿,不停地打着哈欠。

"好了,睡吧,明天还要早起呢。"

阿民说着,顺手抓起一把咸豌豆,然后很费力地从炉边站了起来……

在那之后的三四年里,阿住一直默默忍受着身心的煎熬。那种痛苦就如同一匹老马不得不与一匹烈马共轭同拉一辆车一样。阿民依然如故,在外边拼命地干着农活。阿住在旁人看来,也是照旧在家忙里忙外,然而却有一根无形的鞭子悬在她头上。她总会被好强的阿民刁难或埋怨,有时因为没烧洗澡水,有时因为忘了晒稻谷,有时因为跑丢了牛。但她从来不回嘴,日复一日地默默忍受着痛苦。一是因为她已经习惯于逆来顺受,二是因为孙子广次更依恋身为奶奶的阿住,而不是他的妈妈阿民。

在外人看来，阿住其实跟从前几乎没什么不同。如果一定要说有什么变化的话，那就是不再像以前那样夸赞儿媳妇了。不过这种细微的变化并没有引起旁人的注意，至少在邻居老太太看来，阿住还是那个"来世享福"的人。

某年夏天的一个中午，烈日当空，仓房屋顶的葡萄架上爬满了葡萄藤，阿住和邻居老太太就在底下的荫凉处聊着天。四周静悄悄的，只听得到牛棚里的苍蝇在嗡嗡乱飞。邻居老太太一边说着话，一边吸着短短的烟头，那是她儿子吸剩下的，她把它们精心收集了起来。

"阿民呢？哦，又去割干草了吗？别看她年纪轻轻的，却什么都肯干啊！"

"什么呀，我倒觉得，女人就不该出去，还是待在家里干活最好。"

"这不对啊，喜欢下地干活才是最重要的。就说我家儿媳妇吧，从嫁过来到现在已经七年了，别说下地了，就连割草也是一天都没干过啊。每天就是给孩子洗洗衣服，缝缝补补自己的东西，常年就这么过着。"

"还是那样更好啊！把孩子收拾得干干净净的，自己也打扮得漂漂亮亮的，人生在世，这样才体面啊！"

"不过，现在的年轻人一般都讨厌干地里的活啊。——咦？刚刚那是什么声音？"

"刚刚的声音？哎，你啊，那是牛放屁的声音啊！"

"牛放屁？还真是啊。——不过，顶着火辣辣的太阳，又是去稻田里除草，又是什么的，年轻轻的，真苦啊。"

两个老太太就这么大致融洽地闲聊着。

仁太郎死后八年多，阿民硬是靠着自己一个女人的双手支撑起了全家的生活。与此同时，她的名声也传到了外村。在大家眼中，阿民再也不是一个没日没夜拼命赚钱的年轻寡妇，更不是同村小伙子们口中的"年轻阿嫂"。相反，她成为了媳妇们的榜样，成为了当今世上的贞女节妇模范。"你看看河对岸的阿民。"——人们甚至会在责备儿媳时加上这样的话。阿住从来没有向邻居老太太诉过苦，她也不想诉苦，但她心底里一直隐隐约约地相信苍天在上。然而，这样的期待终究也化为了泡影，如今她唯一的指望就只剩下孙子广次了。广次已经长到了十二三岁，阿住在他身上倾注了自己全部的心血，可就连这最后的指望，也常常让她觉得指望不上了。

一个秋高气爽的下午，孙子广次抱着书包慌慌张张地从学校跑了回来。当时阿住正在仓房前熟练地挥动着菜刀制作柿饼。广次轻轻一跃，跨过晾晒稻谷的草席，然后双腿并拢，举起手向奶奶敬了个礼。随即毫无征兆地、一本正经地问道：

"那个，奶奶，我妈妈真的是个了不起的人吗？"

"为什么这么问？"

阿住不由得停下了手里的菜刀，紧紧地盯着孙子的脸。

"是我的老师，在思想品德课上说的。他说，广次的母亲是这一带最了不起的人物，再没有第二个。"

"是老师说的？"

"嗯，是老师说的。是真的吗？"

阿住先是感到一阵狼狈，学校的老师居然教给孙子这样一个弥天大谎——说实话，对她来说，没有比这更意外的事了。但短暂的狼狈过后，阿住突然怒不可遏，就像换了个人似的，大骂起阿民来。

"是啊，是谎言，彻头彻尾的谎言。你妈这个人呐，就知道在外面拼命干活，让别人觉得她很了不起，但其实心里坏透了！她把你奶奶逼得喘不过气来，真是太心狠了……"

广次好像被吓到了，呆呆地看着脸色大变的奶奶。过了一会儿，阿住似乎有些悲从中来，突然又哭了起来。

"所以啊，奶奶我全是指望着你才活到现在的。你可千万别忘了啊。等再过几年你就十七了，到时就立刻找个媳妇，让奶奶也喘口气歇歇。你妈想等你参军回来再说，净说风凉话，这怎么能等得了呢？你听好了啊，你要给奶奶尽双份孝心，包括你和你爹的。只要你孝顺，奶奶也不会亏待你，什么都会给你的……"

"等这个柿饼做好了，也会给我吃吗？"

广次拨弄着竹筐里的柿子，煞是嘴馋的样子。

"当然啊，肯定给你吃。你虽然年纪不大，但其实什么都明白。不管到什么时候，这一点都不能变啊！"

阿住抽抽嗒嗒地哭着，然后又破涕为笑了起来……

在这件小事发生后的第二天晚上，阿住终于忍不住因为一点小事跟阿民激烈地争吵了起来。所谓"一点小事"其实就是阿住吃了阿民的红薯。但两个人越吵越凶,到后来阿民竟冷笑着说什么"你要是不愿意干活,那就只有去死了"。一听这话,阿住一反常态,像疯了似的大吼了起来。孙子广次此时正枕着奶奶的膝盖熟睡,阿住叫着"广儿,快,起来",把他也摇醒了过来,然后继续不停地骂道:

"广儿,快,起来!广儿,快,起来!你听听你妈说的什么,她让我去死呢!啊,你好好听听!虽说在你妈手上攒了一点钱,但咱家这十几亩地可都是你爷爷奶奶一手开垦的啊。可又怎么样呢?你妈居然说我图轻松,让我去死呢。——阿民,我会死的,死有什么可怕?不,我才不会任由你摆布。我会死的,人都有一死。但就算我死了,做鬼也不会放过你……"

阿住一边扯着嗓门不住地大骂,一边跟吓哭的孙子抱成一团。然而,阿民依然躺在火炉边一动不动,只把她的话当作耳边风。

世事难料,阿住没死,阿民却先死了。就在第二年立夏的前几天，一向自诩结实的阿民突然感染了伤寒，发病第八天就过世了。当时在这个小小的村庄里，已不知道出了多少个伤寒病人了。而且，阿民发病前还去帮铁匠挖了墓穴，他也是死于伤寒。铁匠铺还剩一个学徒，也感染了，直到葬礼那天才终于把他送去隔离医院。"肯定是那时候被传染上的。"——医生走后，阿住对着烧得满脸通红的阿民责备地说道。

阿民下葬的那天下着雨，但全村人上至村长、一个不落全都去给她送葬了。送葬的人无不惋惜她的早逝，无不同情失去了家中顶梁柱的广次和阿住。特别是村代表还说，郡里原本决定于近期表彰阿民的勤劳美德的。阿住听到这番话，只能鞠躬行礼。"哎，一切都是命啊。为了表彰阿民，我们从去年就给郡政府提出了申请，村长跟我还自费乘火车去找了郡长五次，费了不少劲呢。不过，我们现在也认命了，所以你也放宽心啊。"——秃头的村代表很善良，最后还加上这么几句玩笑话。但此举又惹得年轻的小学教员有些不快，远远地瞪着他。

阿民葬礼结束后的那天晚上，阿住在放置佛龛的里屋角落里支起了蚊帐，和广次一起钻了进去。不用说，二人平时都是在一片漆黑中入睡的，但今晚佛龛上还点着灯。不仅如此，旧草席上好像还沾有一股奇怪的消毒水气味。大概是因为这样那样的原因吧，阿住怎么也睡不着。阿民的死确实给她带来了莫大的幸福。她可以不用干活了，也不用担心会被人训斥了，还有三千日元的存款，外加十几亩的地。从今以后，她和孙子每天都能敞开肚子吃米饭了，平时爱吃的盐鳟鱼也可以买上一大袋。阿住一生中还从未感受过这般如释重负的舒畅。真的从未感受过这般如释重负的舒畅吗？——记忆清楚地把她带回了九年前的某个夜晚。回想起来，那晚跟今晚几乎没什么不同。那晚是刚办完儿子的葬礼，今晚呢？——今晚是刚办完给自己生了一个孙子的儿媳妇的葬礼。

阿住不由得睁开眼，看到孙子就在她旁边仰面酣睡。她看着他熟睡的面孔，渐渐觉得自己的命运真是悲惨。同时也开始觉得，与她结下孽缘的儿子仁太郎和儿媳妇阿民也都是可怜人。这种心理变化冲淡了她在这九年间积累的憎恨和愤怒，不，是冲走了她一直视作慰藉的余生的幸福。他们母子三人都是可怜人，但其中又数她自己最可怜，因为她遭受了太多的耻辱。

"阿民，你为什么死了呢？"——阿住情不自禁念叨起了刚刚死去的儿媳妇，眼泪也随之扑簌簌地滚落了下来……

听到钟敲过四点，阿住终于耐不住疲惫睡了过去。而此刻这家茅草屋顶上的天空，已经迎来了清凉的拂晓……

1923 年 12 月

神秘的岛屿

我有些茫然地躺在藤椅上,看着眼前这个带有栏杆的地方,觉得似乎是轮船的甲板。栏杆外是灰色的海浪,偶尔跃出海面的好像是飞鱼还是什么。但不可思议的是,我完全不记得自己为什么要乘船了。是与人同行,还是独自一人,这段记忆也很模糊。

说到模糊，大海的远处更是模糊至极，或许因为那里有雾霭吧。我就这样一直躺在长椅上，心里想着要看看那个烟雾朦胧的深处到底有什么。忽然，就像意念力奏效了一般，前方慢慢浮现出一座海岛的影子。岛的中央耸立着一座山，整个海岛呈圆锥形。但可惜的是，除了大致的轮廓，其余什么也看不清。因为刚刚尝到了甜头，我想再次借助意念力看一下。然而，模糊的岛影依旧很模糊，这次意念力似乎也失效了。

就在这时，我听到右边有人一下笑了起来。

"哈哈哈哈哈哈，不行吧，意念力这次好像也没什么用啊。哈哈哈哈哈哈。"

坐在右边藤椅上的好像是个英国老人，尽管脸上布满了皱纹，看起来还是风度翩翩。但他的打扮是却是18世纪流行的款式，就像在霍加斯的画中所见到的那种。他的帽子好像是叫Cocked hat吧，帽檐是银色的；上身穿着刺绣马甲，下身是及膝中裤。而且，披肩的长发也不是真的，而是一顶茶色的卷发假发套，上面还散落着一些奇怪的粉末。听到他的话，我不禁愣住了，以至忘了回答。

"用我的望远镜吧，从这个里面看，就能看得很清楚。"

老人带着坏笑，把他的旧望远镜递到了我手里。那望远镜就像曾在某个博物馆里陈列过的古董一样。

"Oh, thanks."

我脱口说了一句英语，但老人却毫无反应，他用手指着海岛的影子，一边用流利的日语侃侃而谈，伸出的袖口处露着气泡一般的蕾丝花边。

"那个岛叫萨桑拉普。怎么拼写吗？就是sussanrap，这个岛很值得一看呢。这艘船会在这里停靠五六天，你一定要下去看看啊。这儿有大学也有寺院，特别是举行集市的日子，更是蔚为壮观，到时会有无数人从近海的各个岛屿上会聚而来……"

在老人说话的当儿，我拿着望远镜看了看。镜头里看到的应该就是这座岛上的海滨小镇吧，精致小巧的房屋鳞次栉比，林荫道的树梢随风轻摇，寺院的宝塔矗立其中，雾霭烟消云散，所有一切清晰可见。我的心里大为震撼，同时把望远镜转向了小镇的上空，而这让我差点惊叫起来。

镜头里的天空万里无云,一座酷似富士山的山峰高高耸立。当然这并不奇怪,奇怪的是,整座山从上到下漫山遍野覆盖着蔬菜。卷心菜、西红柿、青葱、洋葱、白萝卜、芜菁、胡萝卜、牛蒡、南瓜、冬瓜、黄瓜、土豆、莲藕、荸荠、生姜、山芹——蔬菜覆盖,应有尽有。覆盖?覆——好像不是。这座山就是蔬菜堆起来的。这真是一座令人震惊的蔬菜金字塔。

"那是——那是怎么回事?"

我拿着望远镜,回头看向右边的老人,但老人已经不见了踪影,只有一张报纸摊在藤椅上。我大吃一惊,激烈的情绪变化似乎引起了脑缺血,很快,我再次陷入窒息的昏迷状态。

"怎么样,参观好了吗?"

老人有些诡异地笑着,在我身旁坐下。

这儿是酒店的沙龙吧,西式的房间里摆放着新式的简约家具,宽敞得有些过头。但里面一人也没有,房间尽头的升降电梯也还在运行,却没一个客人出来,看来这家酒店十分萧条。

我躺在沙龙角落里的长椅上,嘴上衔着上等的哈瓦那[1]雪茄。头上吊着的应该是盆栽南瓜，藤蔓低垂，宽大的叶子盖住了花盆，叶缝里还能看到盛开的黄花。

"嗯，大致浏览了一下。——怎么样，要来支雪茄吗？"

老人像孩子一样轻轻摇摇头，然后拿出一个老式的象牙鼻烟壶，这也跟在某个博物馆里见到的那种一样。这样的老人别说在日本了，就算在西洋，如今也早已绝迹了。若是把他介绍给佐藤春夫[2]那样的人，想必一定会很敬重他吧。我对老人说道：

"只要一走到城外，就是一望无际的菜地呢。"

"萨桑拉普岛的居民大部分都种蔬菜，无论男女，都种蔬菜。"

"他们的需求那么大吗？"

"可以卖到近海的各个岛上，但肯定不可能全部卖光，剩下的就只能囤起来。你从船上看到了吧，堆了将近有两万尺高呢。"

"那些都是卖剩的吗？那个蔬菜金字塔？"

---

[1] 古巴首都，此处指古巴产的高级雪茄。——译者注
[2] 佐藤春夫（1892—1964），日本唯美主义小说家、诗人。——译者注

我只能看着老人的脸，不停地眨眼，但老人依然饶有趣味地微笑着。

"嗯，都是卖剩的。而且，仅用了三年时间就堆了那么高了。要是把自古以来卖剩的蔬菜都收集起来，估计太平洋都会被填平了。但萨桑拉普岛的居民如今仍在种蔬菜，白天种，晚上种，哈哈哈哈哈哈，就连我们谈话的这段时间，他们也正在拼命地种。哈哈哈哈哈，哈哈哈哈哈哈。"

老人有些苦涩地笑了笑，然后拿出一块散发着茉莉花香的手帕。他的笑容并非一般的微笑，而是类似恶魔对愚蠢人类的嘲讽。我皱着眉，决定提出一个新的话题。

我："集市什么时候举行？"

老人："每个月的月初必定会举行。不过那只是普通的集市，临时的大集市一年有三次，——分别在一月、四月和九月举行。其中一月份的集市是最繁忙的。"

我："那么，大集市之前一定很热闹吧？"

老人："当然很热闹。为了赶上大集市，所有人都会想方设法培育蔬菜。又是磷酸肥,又是油渣肥,又是建温室,又是通电流——简直荒唐透顶。其中还些急于求成的,结果反而弄巧成拙,把自己百般呵护的蔬菜折腾死了。"

我:"啊,你这么一说,我今天也看到菜地里有一个干瘦的男人,表情就像发疯了似的,一边狂奔一边不停地喊着'来不及了,来不及了'。"

老人:"那倒是很有可能,因为新年的大集市马上就要到了。——估计城里的商人无一例外全都在玩命了。"

我:"什么城里的商人?"

老人:"就是那些做蔬菜生意的商人。商人先收购乡下人种的蔬菜,近海的岛民再从商人那里购买蔬菜——就是这样一种流程。"

我:"原来如此。是那个商人吧,我看见一个胖乎乎的男人,夹着一个黑皮包,嘴里念叨着'真头疼,真头疼'。——那么,最畅销的是哪种蔬菜啊?"

老人:"那要看天意了。也说不上哪个最畅销,反正年年都不一样,而且也不知道为什么会有变化。"

我："不过，只要东西好，肯定能卖出去吧？"

老人："这个嘛，该怎么说呢。总体而言，蔬菜的好坏是由残疾人决定的……"

我："为什么是由残疾人决定？"

老人："残疾人没办法去菜地吧，当然也就种不了蔬菜，但相应的，他们对蔬菜好坏的评价，也能摈弃偏见，能做到公平公正——借用一句谚语来说就是：当局者迷，旁观者清。"

我："啊，那人就是个残疾人吧。刚才有一个留胡子的盲人，他就是一边用手摸着带泥的芋头，一边说着'这种蔬菜的颜色简直无可挑剔，就像融合了玫瑰花和天空的颜色'。"

老人："是吧。盲人当然很了不起，但最理想的残疾人应该具备这些条件：眼睛看不到、耳朵听不到、鼻子闻不到、没手没脚、没牙齿没舌头。只要有这种残疾人问世，就会成为一代 Arbiter elegantiarum[①]。目前最受欢迎的残疾人就基本具备了这些条件，唯独鼻

---

① 拉丁文，美学鉴赏权威、品味大师。——译者注

子不行，还能闻到味道。听说前不久往他的鼻孔里塞了一种软化橡胶，但还是能闻到一点气味。"

我："那个，残疾人评定了蔬菜的好坏，会有什么影响吗？"

老人："其实是没什么影响的。就算残疾人说怎么怎么不好，但畅销的蔬菜还是会很快就销售一空。"

我："那是不是就由商人的喜好来决定了？"

老人："商人只会采购预计可能会畅销的蔬菜吧，那这么一来，好的蔬菜能不能卖出去就……"

我："请等一下。既然如此，那残疾人判定的好坏就值得怀疑了吧。"

老人："其实菜农大都是怀疑他们的判断的，但你要是问那些菜农蔬菜的好坏，他们也是各执一词。比如说，有的人说是营养决定好坏，但其他人却说是口味决定好坏。如果光是这样，情况还算简单……"

我："是吗，还有更复杂的？"

老人："针对口味和营养，又有很多不同意见。比如说，不含维生素的就是没有营养，富含脂肪的就是有营养，胡萝卜口味的就不行，白萝卜口味的才最好之类的……"

我："也就是说，大标准分两种：营养和口味，然后这两个大标准下面再分很多小标准，——大致是这么回事吗？"

老人："可没那么简单。比方说，还有这样的。有个家伙说，颜色也得有标准。就是那个美学入门知识上所说的冷暖色。他说，只要是红、黄等暖色调的蔬菜，就全部判为合格。但如果是蓝、绿等冷色调的蔬菜，就不加理会。总之，这家伙的宗旨就是'必须把蔬菜全都变成西红柿，否则宁死不要'。"

我："原来如此。我看到有个衣衫单薄的好汉，他在堆放自己种的蔬菜之前，就发表了一通那样的演讲呢。"

老人："啊，那是当然啊。那种暖色调的蔬菜叫无产阶级蔬菜。"

我："可他堆放的那些蔬菜全都是黄瓜、甜瓜之类的呀……"

老人："那他肯定是个色盲，自以为是红色的。"

我："冷色调的蔬菜会怎样？"

老人:"也有些家伙说,如果不是冷色调,蔬菜就不是蔬菜。不过,这群人只会冷笑,却不会发表什么演讲,但他们心里对暖色调蔬菜的厌恶也是有过之而无不及的。"

我:"也就是说,他们很胆小吗?"

老人:"倒也不是。他们不是不想演讲,而是没法演讲。好像是因为酒精或梅毒,他们的舌头都溃烂了。"

我:"啊,那人就是吧。当时那个衣衫单薄的好汉对面就有一个穿着细腿裤子的才子,他一边使劲地揪着南瓜,一边说着'哼,演讲吗'。"

老人:"那南瓜还是青的吧,那种冷色调的叫资产阶级蔬菜。"

我:"要是这样话,结果会怎样?如果按照那些菜农的意见的话……"

老人:"要是按照那些菜农的意见,跟自家种的蔬菜长得像的就都是好菜,要是长得不像自家种的蔬菜,那就都是坏菜。这一点是毋庸置疑的。"

我:"可是,这儿也有大学吧?听说大学里的教授在讲授蔬菜学，对他们来说，分辨蔬菜的好坏应该不算什么吧……"

老人："然而，那些大学教授一提到萨桑拉普岛的蔬菜，就连豌豆和蚕豆都分不清。不过，能进入他们课堂的也只有一个世纪以前的蔬菜。"

我："那他们都知道哪些地方的蔬菜呢？"

老人："他们知道英国的蔬菜、法国的蔬菜、德国的蔬菜、意大利的蔬菜、俄罗斯的蔬菜。听说最受学生欢迎的就是一门讲授俄罗斯蔬菜学的课程。你一定要去大学看看。我之前去参观时看到一位戴着夹鼻眼镜的教授，他一边给学生展示一个浸在酒精瓶里的俄罗斯古董黄瓜，一边激情澎湃地说道：'大家看看萨桑拉普岛的黄瓜吧，无一例外全是绿色的。但伟大的俄罗斯黄瓜就不是那种浅薄的颜色。它们的颜色是这样的，就像人生一样捉摸不透。啊，伟大的俄罗斯黄瓜……'我当时因为感动过头了，还卧床了两周左右呢。"

我："这么说——这么说来，难道就像你说的那样，我们只能认为蔬菜卖得好不好完全取决于天意吗？"

老人："嗯，只能这么认为了。另外，实际上，这座岛上的居民大都信仰巴布拉布贝耶达呢。"

我："是什么，那个什么巴布拉布？"

老人："巴布拉布贝耶达，拼写的话就是BABRABBADA。你还没看吗？就在那座寺院里……"

我："啊，就是那个长猪头的大蜥蜴神像吗？"

老人："那可不是蜥蜴，是主宰天地的变色龙哦。今天也有很多人在那个神像前膜拜吧。那些人都在祈祷蔬菜畅销呢。毕竟最近的报纸都透露，纽约一带的百货公司都要等那个变色龙下了神谕，才着手准备换季呢。如今世界的信仰既不是耶和华，也不是安拉了。人们都说，全世界都皈依变色龙了。"

我："那个寺院的祭坛前也堆了很多蔬菜呢……"

老人："那些都是贡品。人们是把去年最畅销的蔬菜作为贡品供奉给萨桑拉普岛的变色龙呢。"

我："可是日本还没有……"

老人："哎呀，有人在叫你呢。"

我凝神细听，果然有人在叫我，而且还是我外甥的声音，他最近患了积脓症，有些鼻塞。我有些不大情愿地站起身，把手伸到老人面前。

"那我今天就先告辞了。"

"好吧。那下次再来聊天啊,我就是这样一个人。"

老人与我握手后,悠然地递给我一张名片。名片的正中间赫然印着 Lemuel Gulliver[①]!我不由自主地张大嘴,茫然地盯着老人的脸。这位麻色头发、五官端正的老人,脸上依然浮现着冷笑,——这些想法在我的脑海中仅是一闪而过,因为那张脸不知何时已变成我那个淘气的十五岁外甥的脸了。

"说是来拿稿件的。您快起来吧,人家说是来拿稿件了。"

外甥摇了摇我。我好像靠在火炉旁,午睡了三十分钟左右。火炉上放着的正是那本我还没看完的 *Gulliver's Travels*[②]。

"来拿稿件?哪儿的稿件?"

"说是你的随笔稿件。"

"随笔稿件?"

我有些自言自语地说道:

---

① 小说《格列弗游记》的主人公。——译者注
② 乔纳森·斯威夫特所著长篇小说《格列弗游记》。——译者注

"在萨桑拉普岛的蔬菜集市上,'鹅肠菜'之类的似乎会比较畅销。"

1923 年 12 月

桃 太 郎

一

很久很久以前,在一座深山里长着一棵大桃树。光说它大,可能还不够准确,这棵桃树的树枝直达九霄云外,树根深入九泉之下。传说在开天辟地之际,伊邪那歧①在黄最津平阪②，为击退八个妖魔，向它们投掷了桃核——就是那个上神时代的桃核，后来成了这棵桃树的枝干。

自从世界形成以来，这棵树每一万年开一次花，每一万年结一次果。花就像大红的华盖上垂着金色的流苏，果实——不用说，果实也很大。但最神奇的是，在每个果实的桃核位置都孕育着一个漂亮的婴儿。

桃树静静地沐浴着阳光，树冠遮蔽山谷，枝头硕果累累。经万年才结的果，要过千年才会成熟坠落。然而，在一个清冷的早晨，命运化作一只八尺乌③轻轻落在了它的枝头，猛地啄落了一个已经泛红的小桃子。桃子穿过缭绕的云雾，从高空坠入山间的溪流。溪水流经一座座山峰，带着升腾的白色水雾，流向了人间。

这个孕育着婴儿的桃子离开深山后，被谁捡到了呢？——如今已无须多说。在溪流的尽头有一位老奶奶，正如全日本的孩子所知道的那样，她正在给上山

---

① 日本神话中的创世神。——译者注
② 人世与阴间的分界地。——译者注
③ 日本神话中的神鸟，形态类似中国神话中的三足乌。——译者注

砍柴的老爷爷洗衣服。

二

从桃子里生出来的孩子叫桃太郎,他决定去征讨鬼岛。问他为何做此决定,他说因为讨厌像爷爷奶奶那样去山上、河里或田里干活。听闻此言,爷爷奶奶打心底讨厌这个泼皮,巴不得早一刻把他赶出家门,所以旗帜、大刀、铠甲等出征用品,他要什么都让他拿走。不仅如此,他们还按照桃太郎的要求给他准备了糯米团子当路粮。

桃太郎得意洋洋地踏上了讨伐鬼岛的征途。突然,一只大野狗出现了,眼中闪着饥饿的光芒,他问桃太郎:

"桃太郎,桃太郎,你腰上挂的是什么呀?"

"这是日本第一的糯米团子。"

桃太郎洋洋得意地回答道。当然,他其实也不确定是不是日本第一,但狗一听说是糯米团子,马上就凑到他身边。

"请给我一个吧，我愿意当你的随从。"

桃太郎立刻打起了算盘：

"一个可不行，半个吧。"

狗犟了半天，反复要求"给一个，给一个"，可桃太郎就是不松口，坚持"只给半个"。双方僵持不下，最后就像所有买卖一样，没货的只能服从有货的。狗只能叹着气接受了半个团子，当起了桃太郎的随从。

除了狗，桃太郎后来还用半个团子为诱饵，收下猴子和山鸡当喽啰。可惜他们相处得并不融洽。尖牙利齿的狗总是欺负胆小窝囊的猴子，精于算计的猴子老是糊弄装相的山鸡，连地震学都懂的山鸡又老是欺骗笨头笨脑的狗。——由于他们一直这样争吵不休，桃太郎在收下他们后，也是操碎了心。

而且，猴子一吃饱就开始发牢骚，说什么如果只给半个团子，那就要再考虑考虑要不要跟去讨伐鬼岛。狗一听这话，就狂叫着猛扑过去，想咬死猴子。要不是山鸡拉得快，猴子可能等不到螃蟹来报仇①，这会儿就已经死了。山鸡一边安抚狗，一边给猴子讲解主仆关系的道德伦理，让他听从桃太郎的命令。然而，猴子为了躲避狗的袭击，此时已经爬上了路边的树，根本听不进山鸡的话。最终让猴子乖乖就范的还是桃太郎。他抬头看着树上的猴子，一边扇着日章旗扇子②，故意冷冷地说道：

"好，好，那你就别跟着去了，我们讨伐鬼岛得到的宝贝，一个也不会分给你。"

贪心的猴子瞪圆了眼睛：

"宝贝？哎呀，鬼岛上还有宝贝啊？"

"岂止是有啊，还有一个叫万宝锤的宝物呢，只要敲一下，想要什么就有什么。"

"那就是说，只要用那个万宝锤多敲出几个万宝锤来，就能一次性获得所有东西了？这可真是天大的好事啊，求求你带我一起去吧。"

---

① 日本有一则民间传说"猿蟹合战"，讲述了螃蟹因受猴子欺骗而死，其后代因此向猴子报仇并最终杀死猴子的故事。1923年2月，芥川龙之介将该传说改编成同名小说。——译者注
② 日章旗是日本国旗，这里应指扇子上印着日本国旗。——译者注

就这样，桃太郎再次带着他们，匆匆踏上讨伐鬼岛的征途。

三

鬼岛是一座远海孤岛，但并非世人所想的那样净是石山峻岭。实际上这里是一片美丽的天然乐土，椰子树高耸，天堂鸟鸣啭，生活在这片乐土上的鬼当然也很热爱和平。不，鬼族似乎原本就比我们人类更会享受。《摘瘤子》[①]中的鬼跳起舞来一跳就是一晚上；《一寸法师》[②]中的鬼也是着迷地看着去寺院上香的小姐，以致忘记自身的安危。的确，一般都认为大江山的酒吞童子[③]和罗生门的茨木童子[④]是举世罕见的恶

---

① 日本民间故事，收录在《宇治拾遗物语》等作品中。——译者注
② 日本民间故事，收录在《御伽草子》等作品中。——译者注
③ 日本传说中的大妖怪，活跃于平安时代，盘踞在京都丹波大江山地区，因嗜酒如命，故称酒吞童子，又称酒颠童子、酒天童子。传说心性残忍，祸乱民间，后被大将军源赖光等人斩杀。——译者注
④ 日本传说中的妖怪，酒吞童子的手下。因出生于茨木，故称茨木童子。传说在朱雀大道上装鬼欺骗源赖光的家臣渡边纲，被后者斩断手臂，因此又被称为"罗生门之鬼"。——译者注

人，可茨木童子不还时常偷偷现身罗生门吗，就因为他太喜欢朱雀大道[①]了，就跟我们喜欢银座一样。酒吞童子确实曾在大江山的岩洞里整日喝酒，但说他抢过女人——此事且不论真假，都只是女人的一面之词。能不能完全相信女人的话，这是我二十多年来一直怀疑的。你看那个赖光[②]和四天王[③]，崇拜女性不都有些疯魔了吗？

鬼在热带风光中弹琴、跳舞、吟古诗，日子过得颇为安逸。鬼的妻女们也会织布、酿酒、采兰花，跟我们人类妻女的生活没什么两样。特别白发苍苍、牙齿掉光的鬼奶奶，总是一边带孙子，一边给他们讲我们人类的恐怖故事。

"你们要是调皮捣蛋，就把你们送到人岛上去。被送去那儿的鬼一定会被杀掉，就像以前那个酒吞童子一样。啊？人是什么？人嘛，头上没有角，脸和手

[①] 贯穿京都的一条南北走向的大道，最南端的起点即罗生门。——译者注
[②] 源赖光（948—1021），日本平安时代的大将。《今昔物语集》《御伽草子》等作品中记载了他带领家臣讨伐酒吞童子等的故事。——译者注
[③] "四天王"是指源赖光的四个家臣，包括渡边纲、坂田金时、碓井贞光、卜部季武。——译者注

脚都很苍白，简直说不出的恐怖。尤其是人类的女人，还要在她们本来就苍白的脸和手脚上再涂上一层铅粉呢。光是这样就还罢了，但他们无论男女，都爱撒谎、贪婪、善妒、自恋，还相互残杀、放火、偷盗，简直就是一群无法无天的野兽啊……"

四

桃太郎给这些无辜的鬼带来了他们建国以来最大的恐惧。鬼甚至都忘了自己还有铁棒，就一边嚎叫着"人来啦"，一边钻进高耸的椰林里东逃西窜。

"冲啊！冲啊！只要看到鬼，一个不留，统统杀掉！"

桃太郎一手举着桃旗，一手挥舞着日章旗扇子，给狗、猴子和山鸡发号令。可能之前这三个随从相处得并不好，但饥饿的动物是最忠勇的士兵。他们如旋风一般地追上了四下逃散的鬼。狗一口就咬死一个鬼青年。山鸡也用尖嘴啄死一个鬼孩子。猴子也——正因为猴子跟我们人类是亲戚，所以他在勒死鬼姑娘之前，必定要先肆意凌辱一番……

在所有暴行结束后，鬼酋长带着几个死里逃生的鬼向桃太郎表示投降。桃太郎的得意可想而知，但这鬼岛已经面目全非，不再是昨日那个天堂鸟鸣啭的乐土，椰林中到处都是鬼的尸体。桃太郎还是单手拿旗，旁边站着三个喽啰。他对着像蜘蛛一样匍匐在地的鬼酋长，郑重宣布：

"那我就宽宏大量，饶了你们的命吧。不过，这鬼岛上所有的宝贝，一个不留，全部献上。"

"是，遵命。"

"还有，把你的孩子交给我当人质。"

"这个也遵命。"

酋长再次把头磕到地，诚惶诚恐地问桃太郎：

"我们知道，因为我们得罪了各位大人，所以遭到了讨伐。但说实话，我跟我们全岛的鬼都不明白哪儿得罪了各位。所以，能否请您告知缘由？"

桃太郎缓缓点头，说道：

"本人是日本第一的桃太郎，因为收下了狗、猴子和山鸡这三个忠勇的随从，所以就来讨伐鬼岛了。"

"那么,您为何要收下这三位呢?"

"那是因为我原本就立志要来讨伐鬼岛,所以就用糯米团子作为条件,收下了他们。——怎么啦?要是连这个还不懂,我就把你们也杀了。"

鬼酋长像受到了惊吓,连退三尺,越发虔诚地鞠了一躬。

五

日本第一的桃太郎指挥狗、猴子、山鸡以及做人质的鬼孩子拉上装满宝贝的车,趾高气昂地得胜归乡了。——这是全日本的孩子们早就知道的故事。然而,桃太郎的一生未必过得幸福。鬼孩子长大后就咬死了看门的山鸡,马不停蹄地逃回鬼岛去了。不仅如此,鬼岛上的幸存鬼也时不时越海前来,或放火烧桃太郎的房子,或趁他不备暗杀他等等。据说猴子好像就是这样被他们误杀了。面对这些接二连三的不幸,桃太郎也禁不住叹息:

"鬼的报复心也太重了，真让人头疼。"

"他们竟然忘了您的不杀之恩，真是岂有此理。"

狗一看到桃太郎闷闷不乐的样子，就会气愤地嗥吠。

与此同时，在静悄悄的鬼岛海岸，在热带美丽的月光下，五六个鬼青年为了策划鬼岛的独立，正在往椰子里装炸弹。他们甚至忘了去跟温柔的鬼姑娘谈恋爱，碗大的眼中沉默地闪耀着喜悦的光芒……

六

在与世隔绝的深山老林，有一棵桃树直上云霄。它还像过去一样，结着累累硕果。当然，只有孕育桃太郎的那个果实顺溪流漂向了远方。但在这些果实中，正沉睡着不知多少未来的天才。那只八尺乌何时才会再次出现在这棵树的树梢上呢？啊，不知多少未来的天才，正在那些果实里沉睡……

1924年6月

寒　　意

　　雪后的上午，保吉坐在物理教研室的椅子上，望着火炉里的火。就像在呼吸一般，黄色的火苗呼呼上蹿，漆黑的灰烬纷纷落下。这是火焰在与室内寒气抗争的证据。保吉忽然想到地球外部宇宙中的寒冷，不禁有些同情烧得通红的煤炭。

"堀川君。"

保吉抬起头,看着站在火炉前的宫本。宫本是个理学士,戴着眼镜,双手插在裤兜里,薄薄的嘴唇一周蓄着胡须,脸上流露着善良的微笑。

"堀川君,女人也是一种物体,你知道吗?"

"我只知道女人也是一种动物。"

"可不是动物,是物体。——这是我经过苦心研究、最近才发现的真理。"

"堀川君,宫本君的话你可别当真啊!"

说这话的是另一位物理教师,长谷川理学士。保吉回头看他,他正在保吉后面的桌上改试卷,前额开始谢顶了,脸上流露着怀疑的微笑。

"这么说就不对了。我的发现能让长谷川君变得非常幸福呢。堀川君,你知道热传导定律吧?"

"电热?是电灯的热量吗?"

"真让人头疼啊,你们这些文人。"

宫本趁着说话的空当,往燃烧的火炉里加了一铲子煤炭。

"不同温度的两种物体相互接触,热量就会从高温物体传递到低温物体上,一直传,直到二者温度相等。"

"这不是显而易见的吗?"

"这就是所谓热传导定律啊。我们假设女人是物体,好吧?如果女人是物体,男人当然也是物体,那恋爱就相当于热量。现在让这对男女接触,恋爱也就会像热传导一样,从热情似火的男人身上传到尚未动心的女人身上,一直传,一直传,直到两人的爱情相等。长谷川君的恋爱就是这种情况吧……"

"你看,他又开始了。"

长谷川似乎还挺开心,发出咯咯咯的笑声,像被挠了胳肢窝一样。

"我们假设面积为 S,时间为 T,在 T 时间内从 S 面积上传导的热量为 E。那么,——这么说听得懂吗?H 是温度,X 是热传导的距离,K 是不同物质对应的热传导率。这样的话,长谷川君的恋爱就是……"

宫本在小黑板上写起了方程式,但又突然转过身来,好像很失望似的,扔掉了粉笔头。

"堀川君也不懂这些,我好不容易发现的真理,都没办法炫耀。——总之就是说，长谷川君的未婚妻就像这个公式一样，已经沉浸在恋爱中了。"

"其实，如果真有这样的公式，那世界就会变得轻松多了。"

保吉伸长了腿，懒洋洋地望着窗外的雪景。这间物理教研室在二楼的角落，放眼望去，可以很清楚地看到有体育器材的操场、操场对面的松树林荫道，以及林荫道对面的红砖房。大海——透过房子之间的缝隙，还能隐约看到大海上的烟波。

"正因为没有，所以你们文人更吃香啊。——怎么样，最近出的新书销量如何？"

"还那样，完全卖不出去啊。作者和读者之间好像不会发生热传导啊。对了，长谷川君的婚礼还没举行吗？"

"是啊，都一个月左右了，——需要准备的东西太多，都没法学习了，很头疼。"

"是急切得都没法学习了吧。"

"我又不是宫本君。首先，即使想成家，租不到房子也很头疼。说实话，上周日我把大半个城都转了一遍,以为碰巧有空房,结果又是被人定好的。"

"像我不好吗?只要不在意每天坐火车来学校上班就行。"

"但你也太远了。听说你那一带也有出租房,我妻子倒是想住到那儿去。——哎呀,堀川君,你的鞋子是不是烤焦了?"

不知何时,保吉的鞋子挨着了火炉壁,散发出了皮革烤煳的味道,还冒着水蒸气。

"你那也是热传导啊。"

宫本擦着眼镜,一边透过晃悠悠的镜框上缘朝着保吉微微一笑。

四五天后,——在一个阴沉沉的下霜的早晨,保吉在某个避暑胜地的郊外奋力奔跑着,想要赶上火车。这是一条三四米宽的堤坝,右边是麦田,左边是火车轨道。人——无人的麦田里传来轻声的响动,以为是有人在麦田间行走,但其实只是霜在翻过的泥土下破裂的声音。

就在他奔跑期间,八点的火车鸣着长长的汽笛,慢悠悠地越过堤坝往前开走了。保吉要赶的火车是开往相反方向的，应该比这趟车晚半个小时。他掏出手表来看了一下，但不知为何，表上显示已经八点十五分了，他认为时刻不一致完全是手表的问题。不用说，他心里还认为"今天无需担心会赶不上火车"。路边的麦田渐渐变成灌木丛，保吉点燃一支"朝日"牌香烟，逐渐放慢了脚步。

保吉沿着煤渣路上坡，不知不觉来到了火车道口。他发现道口两侧挤满了人，马上想到可能是火车轧死人了。正好看到相熟的肉铺学徒正在道口栅栏边停自行车，车上装着货物，保吉手上夹着烟，从背后拍了拍他的肩膀。

"喂，这儿怎么了？"

"轧到人了。刚刚开过去的火车轧的。"

学徒很快地说道。他戴着兔皮耳罩，整张脸显得朝气蓬勃。

"轧到谁了？"

"道口工。有个小学生差点被轧到，他上去救人，结果自己被轧了。那个，八幡宫前不是有家书店叫永井吗？就是那家的女孩差点被轧了。"

"那孩子没事吧?"

"嗯,在那儿哭的那个就是她。"

他说的那儿就是道口对面人群聚集的地方,里面果然有个女孩,警察正在问她什么,旁边还有个男人像是站长助理,也时不时地跟警察说几句。道口工——保吉看到他的尸体上盖着芦席,平放在道口保卫室门前的地上,这一方面让人感到有些不舒服,同时也勾起人的好奇心。远远看去,只能看到席子下露出的一双鞋子。

"尸体是那些人抬过去的。"

道口这一侧有一根信号灯柱,下面有两三个铁路工人,正围着一个火堆。黄色的火焰,既没有光,也没有烟,看起来冷飕飕的。其中一个工人穿着短裤,正就着那堆火烤屁股。

保吉开始穿越道口,铁轨靠近站台,所以得横穿几个道口。每跨越一条轨道,他就会想道口工到底是在哪条轨道上被轧死的。但很快他就知道了,鲜血还残留在一条轨道上,仿佛正在诉说两三分钟前的悲剧。他几乎神经反射一般地迅速转移视线,看向道口的另一侧，但这也没什么用。在他看到冰冷的铁轨上残留着一摊黏稠血液的瞬间，这一场景就已深刻地烙在了他的心上。不仅如此，那血液还在铁轨上蒸发着淡淡的水汽……

十分钟后，保吉在月台上继续不安地来回走着。他的脑子里全是刚刚看到的可怕场景，特别是那摊血液里蒸发出的水汽，依然历历在目。他想起之前聊过的热传导，血液中蕴含的生命能量，正按照宫本所讲的那个定律，纹丝不乱地、冷酷无情地传递给铁轨。所有的生命都是这样冷酷无情地传递着，无论是殉职的道口工，还是重刑犯。——他当然知道这种想法毫无意义。就算是孝子，溺水也会死；就算是贞妇，遇火也会死。——他在心中不断地想要说服自己，但眼前所见的事实太过沉痛，几乎让那些道理失去了说服力。

然而，人类的悲欢并不相通，站台上人们的脸上全都洋溢着幸福的笑容。这也让保吉感到焦躁不安，尤其是那些海军军官，正在旁若无人地高谈阔论，让他产生了生理性反感。他点起了第二支"朝日"香烟，朝着月台的尽头走去。这儿距离那个道口大约两三百米，能看到道口两侧的人群已经大致散去，只有信号灯柱下铁路工人的火堆还有一点火，黄色的火焰在风中飘忽不定。

保吉有些同情远处的那个火堆，但视野中的道口仍然让他不安，他背过身去，再次走向人群。然而，才走了不到十步，他就发现自己的红皮手套掉了一只。之前点烟时，他摘掉了右手上的手套，之后是拿在手上走路的。他回过头去，看到那只手套就掉在月台的尽头，手掌朝上，就像在无言地召唤着他。

在阴沉沉的天空下，保吉感到了那只被遗落的红皮手套的心。同时他也感到，温暖的阳光一定会照进这薄凉的世界。

1924 年 4 月

金　将　军

某个夏日，在朝鲜平安南道龙岗郡桐隅里，有两个头戴斗笠的僧人行走在乡间小道上。此二人并非一般的行脚僧，而是来自日本的密探，他们不远万里前来朝鲜刺探国情。其中一人是肥后国太守[①]加藤清

[①] 肥后国，今熊本县。"太守"为一"国"之最高长官。——译者注

正①，另一人是摄津国②太守小西行长③。

二人走在绿油油的稻田间，一边四下张望。突然，他们看到路边有个农家小儿，正枕着圆圆的石头酣睡。加藤清正从斗笠下凝视着那个孩童，说道：

"此儿有异。"

话音刚落，这个凶神恶煞般的武将就踢飞了那块枕石。然而不可思议的是，孩童的脑袋并未落地，仍像枕着石头一样，安然地睡着。

"越发觉得此儿不一般了。"

加藤清正把手伸进香薰过的袈裟，握住里面藏着的戒刀。他觉得此儿日后定会成为倭国行动的祸根，应当趁早除去。然而，小西行长却不屑地笑笑，按住他的手阻止了他。

"区区小儿，何足挂齿？不必无谓杀生。"

二僧继续在田间前行，但虎须横生、心狠手辣的

---

① 加藤清正，日本安土桃山时代的武将，在丰臣秀吉侵略朝鲜的战争中担任先锋，后在"关原之战"中支持德川家康。——译者注
② 摄津国，今兵库县东部至大阪府北部一带。——译者注
③ 小西行长（？—1600），安土桃山时代的武将，摄津国太守，在丰臣秀吉侵略朝鲜的战争中担任先锋，占领平壤。后在与德川家康的"关原之战"中失败，被斩首。——译者注

加藤清正还是有些不安，不时回头看向那个孩童……

三十年后，当时的两个僧人——加藤清正与小西行长率领着千军万马杀进了朝鲜八道①。所到之处，放火烧房、屠杀人子、强抢民妻，逼得民众四下逃窜。京城已经失陷，平壤不再是王土。宣祖王②九死一生逃到义州，焦急地等待着明朝的援军。如果就此任由倭军蹂躏，美丽的朝鲜山河不久将化为焦土。然而，苍天有眼，并未弃朝鲜于不顾。当年在绿油油的稻田边大显神通的那个孩童——金应瑞奉命前来救国于危难之中。

金应瑞赶到了义州的中军帐，拜见了面容憔悴的宣祖王。

"下官在此，请圣上安心！"

宣祖王凄然一笑。

"听说倭将神勇无敌，你如能战胜他，就先斩其

---

① 朝鲜王朝时期的行政区划，包括咸镜道、平安道、黄海道、京畿道、江原道、忠清道、全罗道、庆尚道。——译者注
② 李昖（1152—1608），庙号宣祖，朝鲜王朝第14代君主，1567—1608年在位。1592年日本入侵朝鲜，李昖逃至鸭绿江边的义州，向明朝求救。后在明朝支援下，于1598年将日军驱逐出境，结束战争。——译者注

首级。"

倭将之一——小西行长一直住在平壤的大同馆,这里有他最宠爱的名妓桂月香。桂月香是艳绝天下的美人,但她一日未忘亡国之恨,将之与鲜花一起簪在发上。即使星眸含笑时,长长的睫毛下也隐藏着悲伤的光芒。

某个冬夜,小西行长与桂月香的哥哥畅饮美酒,让桂月香在旁斟酒。她的哥哥也是个皮肤白皙、风度翩翩的美男子。这日桂月香较之往日更为娇媚,不停地向小西行长劝酒,还悄无声息地在他的酒里下了蒙汗药。

少顷之后,桂月香兄妹二人撇下醉倒的小西行长,悄悄躲了起来。行长来到翠金帐外,将秘藏的宝剑挂上,然后便不省人事地睡了过去。但这并不说明小西行长太过大意,其实帐外还布下了宝铃阵。如有人想进入帐中,帐子一周的宝铃便会发出尖锐的响声,将小西行长从睡梦中叫醒。但行长不知道,桂月香为了防止铃响,早已偷偷往铃铛里塞满了棉花。

又过了一会儿,桂月香跟哥哥再次折回。今夜她在绣花裙里藏了一包灶灰,她的哥哥——不,这不是她的哥哥,而是奉王命而来的金应瑞。他高挽着袖子,手提着青龙刀,二人一起悄悄走向小西行长的翠金帐。就在这时,行长的宝剑突然自动离鞘,像生了翅膀一般,朝着金将军飞刺过来。但见金将军毫不慌张,对准宝剑猛吐了一口唾液。沾到唾液的宝剑顿时失去了神通,啪一声掉在了地上。

金应瑞大喝一声,举起青龙刀,斩落了行长的头颅。然而,这恐怖的倭将头颅愤懑不已,咬牙切齿地想要飞回原来的身躯。看到这等怪事,桂月香将手伸进衣裙掏出灶灰,朝着行长的断颈处撒了几把。头颅几次飞起来,但断颈处都是灰,最终也没能再装回去。

没想到的是,小西行长的无头身躯竟摸索着捡起了宝剑,猛地向金将军掷去。金将军被打了个措手不及,只得一手夹着桂月香,跳上高高的房梁,但还是在空中被行长投出的宝剑斩掉了小脚趾。

那时天还没亮。完成王命的金将军背着桂月香,奔跑在无人的荒野里。荒野的尽头挂着一轮残月,正要沉入黑暗的山丘背后。金将军突然想起桂月香怀有身孕，倭将之子犹如毒蛇猛兽，若不趁早除掉，恐将后患无穷。此时的金将军就如同三十年前的加藤清正，他很清楚只能杀死桂月香母子，除此别无他法。

自古英雄都是不知多愁善感为何物的怪物。金将军当场杀了桂月香，掏出她腹中的胎儿。残月光照在孩子身上，还只是血肉模糊的一团。不想那团血块却颤动起来，突然像人一样大声喊道：

"我，再等三个月，就能替父报仇了，可恨啊！"

那声音如同水牛的咆哮，在微暗的旷野中回荡。那轮残月也渐渐地没入山丘的背后……

这就是在朝鲜民间流传的小西行长殒命的故事。当然，小西行长其实并未在征伐朝鲜的战争中丧命。但粉饰历史的并非只有朝鲜，在日本教育儿童的历史书里——或是在教育与儿童无异的日本男人的历史书里，也充斥着这样的故事。例如，日本的历史教科书中没有任何有关打败仗的记录。

"大唐之军将，率战舰一百七十艘，列阵于白村江（朝鲜忠清道舒川县）。戊申（天智天皇二年秋八月二十七日）日本之船师初至，与大唐船师合战。日本不利而退。己酉（二十八日），更有日本之乱伍率中军之卒进伐大唐之军。大唐便自左右夹船绕战。须臾之际官军败绩。赴水溺死者众。舻舳不得回旋。"(《日本书纪》)

任何国家的历史对其国民来说都是光荣的历史，并非只有金将军传说是博人一笑的故事。

1924年1月

鞠　躬

　　保吉刚过三十岁，就像所有卖文为生的人一样，日子过得手忙脚乱。所以，尽管他有时也会想想"明天"，但几乎不会去想"昨天"。不过，当他走在街上或伏案写作或乘电车时，偶尔还是会清晰地想起过去的某个场景。根据他过往的经验,大都是由嗅觉刺激而引发的联想。而且,所谓嗅觉刺激,不外乎是种"恶臭"的味道,这也是居住在都市的可悲之处。例如,蒸汽火车的煤烟味,就应该没人想要闻。然而,跟一位年轻小姐有关的记忆——尽管只是五六年前有过一面之缘,但只要闻到那种煤烟味,那些记忆就会像烟囱里迸出的火花一样瞬间苏醒。

保吉邂逅这位小姐是在某个避暑胜地的火车站台上,说得更严谨一点,是在那里的月台上。当时他住在那个避暑胜地,无论刮风下雨,每天都是乘上午八点的下行火车出去,下午乘四点二十分的上行火车返回。至于为何每天都要乘火车,——其实这事也不重要,但如果每天都乘火车,很快就能认识十来个人,那位小姐就是其中之一。从正月初到三月二十几,他不记得曾在下午的列车上见过她;而上午,她乘的是上行火车,跟他正相反。

那位小姐大约十六七岁,总是穿一身银灰色洋装,戴一顶同色的帽子。个子不算高,但看上去亭亭玉立。尤其是腿——银灰色的袜子配着高跟鞋,就像小鹿的腿一样纤细修长。脸蛋算不上美，但……保吉在东西方的近现代小说中，还没见过一个女主人公称得上十足的美人。但凡描写女性，作者大抵总要先说一句"她并非美人，但……"之类的话。由此可见，承认一个女性是十足的美人，此事关乎现代人的脸面。因此，保吉对这位小姐的评价也加了一句"但……"——慎重起见，再重复一遍，这位小姐的脸蛋算不上美人，但鼻尖微翘，脸颊圆润，非常可爱。

她有时会漫不经心地站在嘈杂的人群中，有时会坐在远离人群的长椅上翻看书报杂志，抑或沿着长长的月台边缘悠闲地漫步。

保吉不记得自己对她产生过爱情小说里所描写的那种怦然心动，即使是看着她的身影。就像看到面熟的海军司令长官或小卖部的猫，他只会在心里说一句"在呢"。总之，他只是对面熟的人会感到亲切。所以，如果偶尔没在月台上看到她，保吉便会觉得若有所失。但那种若有所失，也并不那么强烈。事实上，有两三天没看到小卖部的猫时，他也感到过同样的失落。如果海军司令长官猝死或发生什么事了——这种情况可能有点疑问，但不管怎样，即使不像对猫那样，应该还是会有不一样的感觉。

然而，在三月二十几号吧，一个微暖的阴天下午，保吉照例从供职单位乘坐四点二十的上行火车回家。他隐约记得那天好像因为调查工作而疲累不堪了，所以在火车上也没像往常那样看看书，只是靠在窗边，看着窗外春意渐浓的青山和农田。他想起以前看过的一本外文书，上面把火车在平地疾驶的声音形容为"Tratatatratatatratata"，过铁桥时的声音则是"Trararachtrararach"。果然，迷迷糊糊中听起来确实像那么回事。——他还记得自己当时有过这些思绪。

度过了沉闷的三十分钟，保吉终于从那个避暑胜地的站台下车。月台处还停着稍前抵达的下行列车。他夹在拥挤的人群中，一边漫不经心地看了一眼从对面列车下车的乘客。突然，也很意外地，他看到了那位小姐。就如上文所说，保吉还从未在下午见过她，但现在，她就这么突如其来地出现在他眼前，一身银灰色打扮，就像透过阳光的云层，也像褪色柳上银色的花絮。他心里很自然地"哎呀"了一声。就在那个瞬间，那位小姐似乎也看到了保吉。二人目光交接，保吉情不自禁向她鞠躬致意。

小姐看到保吉朝她鞠躬无疑很是惊讶。但可惜，如今他已经忘了她当时的表情。不，即使是当时，他应该也没能从容地看清。他在心里暗叫一声"糟了"，马上便感到耳根开始发烫。但有一点他记得很清楚——那位小姐也朝他点了一下头。

终于，他走出了车站，心里对自己的愚蠢懊恼不已。为什么要对她鞠躬呢？那个鞠躬完全是种条件反射，就像看到闪电划过天空时不由自主地眨眼一般。所以那不是有意识的行为，人应该可以不用为无意识的行为负责。但那位小姐会怎么想呢？确实，她也鞠躬了，但很可能只是惊讶之余的下意识反应，估计她现在已经开始觉得保吉不是什么好人了吧。——啊，当时觉得"糟了"的时候，就该为自己的鲁莽而致歉，但竟然完全没有意识到……

保吉没有径直返回住处，而是走向了杳无人迹的海滩。其实这也不稀奇，每当他为了月租五日元的房子和每份五十钱的便当而产生厌世情绪时，就必定会来到这片海滩，抽起他的格拉斯哥①烟斗。这天也一样，他看着阴沉的大海，掏出火柴，点起了烟斗。今天的事已经无可挽回了，但明天肯定还会再遇到那位小姐，不知她会怎么做？如果她当他是坏人，应该会对他不屑一顾。但如果没有当他是坏人，说不定明天也会像今天这样回应他。回应？他——堀川保吉，居然恬不知耻地打算再次向那位小姐鞠躬致意吗？不，不想了。但既然已经向她鞠过一次躬，说不定什么时候，她和他还会再次互相致意。如果互相致意的话，……保吉突然想起那位小姐的眉毛很美。

如今，事情已过去七八年了，只有那时风平浪静的大海依旧记忆犹新。保吉面朝着大海，久久地茫然地叼着那只早已熄灭的烟斗。当然，他的心思并非全在那位小姐身上。他还想到了近期应该就会着手创作的小说，主人公是一位英语教师，心中燃烧着革命的热情。他的硬汉之名远播，从不屈从于任何权威，唯有一次，他竟对着一位面熟的年轻小姐鞠躬了。那位

---

① Glasgow，苏格兰第一大城市，这里指烟斗的产地。——译者注

小姐或许不算高，但看起来亭亭玉立，特别是穿着银灰色袜子和高跟鞋的双腿——确实，他总是情不自禁地就会想起那位小姐……

第二天早晨七点五十五分。保吉走在熙熙攘攘的月台，心情紧张地期待着与那位小姐的邂逅。他也做好了遇不到的准备，但遇不到确实并非是他所愿。可以说，他的心情就跟面临强敌的拳击手别无二致。然而更令他难忘的是，他有些病态地担心自己在见到那位小姐时会做出什么反常的愚蠢的举动。以前，让·黎施潘[①]就曾旁若无人地冲向路过的莎拉·伯恩哈特[②]，并亲吻了她。保吉身为日本人，或许不会做出亲吻的事，但很有可能会突然吐舌头或做鬼脸。他一边让自己冷静下来，一边似找非找地环视着四周。

忽然，他发现那位小姐正不紧不慢地朝自己走来。他也径直地朝前走着，就像迎接命运的安排一样。二人越走越近，十步，五步，三步，——此刻，那位小

[①] 让·黎施潘（Jean Richepin，1849—1926），法国诗人，小说、戏剧作家。——译者注
[②] 莎拉·伯恩哈特（Sarah Bernhardt，1844—1923），法国女演员，19—20世纪初最有名的演员之一。——译者注

姐就站在他的面前。保吉抬起头，直视着她的脸，她也定定地平静地看着他。二人目光交错，随后又若无其事地擦身而过。

就在那个瞬间，他突然感到她的眼中有些情绪波动，而他浑身上下也涌起一股想要鞠躬致意的冲动。然而，一切真的仅在于转瞬之间。那位小姐已经静静地从他身后走过，就像透过阳光的云层，也像长着银色花絮的褪色柳……

大约二十分钟后，保吉坐上了火车，随着车身摇摇晃晃，一边吸着他的格拉斯哥烟斗。那位小姐不只是眉毛好看，一双清幽的眼睛也是黑白分明，还有微微挺翘的鼻梁……不过，满脑子想着这些，算不算是恋爱呢？——他不记得自己是如何回答这个问题的了，唯一记得的是在不知不觉间袭上心头的淡淡忧伤。他凝视着烟斗里升起的一缕白烟，久久地沉浸在那种忧伤中想着那位小姐。在此期间，火车依然半沐着朝阳，在山谷中疾驰。"Tratatatratatatratatatrararach"。

1923 年 9 月

小儿乖乖

保吉很久以前就认识这家店的老板。

很久以前——大概就是他去那所海军学校赴任的日子。那天他临时起意走进了这家店，想买一盒火柴。店里设有一个小小的橱窗，里面摆着一艘三笠号战列舰[1]的模型，上面挂着一面大将旗[2]；军舰四周还有一些柑桂酒坛、可可罐子、葡萄干盒子之类的。不过，既然屋檐下的招牌上用红笔写着"香烟"二字，应该不会不卖火柴吧。他一边朝店里张望，一边说了句"给我一盒火柴"。店门口是高高的收银台，后面站着一个小伙子，眼睛一大一小，看上去有些百无聊赖。他看了保吉一眼，就那样竖着算盘，面无表情地回道：

"请拿这个吧，火柴刚好卖完了。"

他让保吉拿的是那种买烟附赠的迷你火柴。

"白拿太不好意思了，那就给我来一盒朝日香烟吧。"

"什么，没事的。拿去吧。"

"不行，还是拿一盒朝日烟吧。"

"拿着吧，如果这个就行的话——没必要买自己不需要的东西。"

---

[1] 旧日本帝国海军的战列舰，在日俄战争期间担任日本联合舰队旗舰，于1923年报废。——译者注
[2] 大将旗是将旗的一种。将旗是二战结束前旧日本帝国海军军舰所悬挂的旗帜之一，在指挥将官登舰时使用，分为大将旗、中将旗、少将旗。——译者注

231

这个男人无疑是在为保吉着想，但他的语气和表情都极为冷淡。如果就此收下难免不舒服，但若就此离去也有些对不住店家，保吉无奈，只得拿出一枚一钱的铜币放在收银台上。

"那就给我两盒小火柴吧。"

"两盒也行，三盒也行，但都不要钱。"

幸好这时来人了，一个小伙计从门口挂着的金线汽水①广告下面探出头来，一副懵懵懂懂的样子，脸上长满了青春痘。

"老板，火柴在这儿啊。"

保吉在心里演奏着凯歌，买了一盒大火柴，价格当然是一钱。但他从不曾像此时这般感受过火柴的美好，特别是它的商标，三角形波浪上漂浮着帆船，简直可以用画框裱起来。他小心翼翼地把火柴放到裤兜底，然后得意扬扬地离开了这家店铺。

从那之后大概过了半年左右，在此期间，保吉时常在上下班的途中顺路到这家店买东西。如今即使闭

---

① "金线汽水"是1899年在横滨地区出现的汽水品牌，1915年成立金线饮料股份公司。——译者注

着眼，他也能清楚地想起这家店里的情景。屋梁上挂着的肯定是镰仓火腿。阳光透过格窗上的彩色玻璃，在灰泥墙上投下了绿色的光影。散落在地板上的应该是甜炼乳的广告。正面的立柱上有一个时钟，下面挂着大大的日历。此外还有橱窗里的三笠号战列舰、金线汽水的广告纸、椅子、电话、自行车、苏格兰威士忌、美国葡萄干、马尼拉雪茄、埃及纸烟、烟熏鲱鱼、红烧牛肉等等，几乎没什么是他没见过的。特别是高高的收银台后面的那个冷面老板，更是熟得不能再熟。不，岂止是熟，甚至可以说是通晓他的一举一动，例如他如何咳嗽，如何吩咐伙计，如何干扰顾客的选择——即使是买一罐可可，他也要说一句"与其买 Fry 牌的，不如买这个，这是荷兰的 Droste 品牌"。通晓并非坏事，但确实比较无趣。保吉来到这家店时，有时甚至会不由自主地感慨自己做老师的时间已经很久了。（但正如前文所说，他的教师生涯还不到一年呢！）

然而，世事无常，这间店自然也逃不过变化。某个初夏的早晨，保吉走进这家店来买烟。店里跟往常一样，洒了水的地板上也照旧散落着甜炼乳广告，唯独坐在收银台后面的不再是那个大小眼的店主，而是一个梳着西洋发型的女人。年纪最多不过十九岁左右吧，从正面看，长得像猫一样，像一只在阳光下一直眯着眼、身上没一根杂毛的白猫。保吉有些惊讶地走向收银台。

"给我两盒朝日烟。"

"好的。"

女人的应答似乎有些难为情，不仅如此，她拿来的还不是朝日牌，两盒都是三笠牌，烟盒背面都画着旭日旗。保吉看着香烟，视线不由得转向她的脸，同时想象她的鼻子下面长出长长的猫胡子。

"我想要朝日牌——这不是朝日牌啊。"

"哎呀，真的。——实在是不好意思。"

猫——不对，女人羞得满面通红。她在这一瞬间的情感变化流露出了十足的女儿态，而且不是时下的时髦女郎，而是五六年前就已经绝迹的砚友社①风格的少女。保吉一边掏着零钱，一边在心里浮想联翩：《青

---

① 砚友社是明治时期的文学团体，代表人物有尾崎红叶、山田美妙、永井荷风等。——译者注

梅竹马》①、燕尾袋的包袱布②、两国地区③、镝木清方④，以及其他。在此期间，女人自然是钻在收银台下面，拼命寻找着朝日牌香烟。

就在这时，从店里走出一个人来，正是那位大小眼的老板。他看了一眼三笠牌烟，一下子就猜到了怎么回事。他今天也跟往常一样耷拉着脸，把手伸进收银台下面，很快就拿出两盒朝日烟递给了保吉。不过，他的眼中，隐藏着一丝若有若无的笑意。

"火柴要吗？"

如果把女人的眼睛也比作猫，那此刻这双眼中就带着妩媚，仿佛就要撒娇一样。老板没有回答她，只是轻轻点了一下头，女人便立刻（！）往收银台上放了一盒迷你火柴，然后——再次害羞地笑了起来。

"真是不好意思。"

不好意思的可不光是把朝日烟拿成了三笠烟。

---

① 日本明治时期女作家樋口一叶（1872—1896）的代表作。——译者注
② 燕尾形的手提包袱，用包袱布结成。——译者注
③ 东京墨田区的地名。——译者注
④ 镝木清方（1878—1972），日本画家，江户至明治时期的风俗画画家。——译者注

保吉打量着二人,发现自己不知何时也微笑了起来。

从那之后,不管什么时候来,都能看到那个女人坐在收银台后面。但如今她已不再梳刚开始的那种西洋发型了,而是盘一个大大的圆发髻,上面扎一根红头绳。不过,她对顾客的态度还是那样生涩,应对不畅,拿错物品,而且时常脸红。——完全不像个老板娘。保吉渐渐对她有了好感,当然,并非是说产生了爱意。只是她身上的那种不善交际,让他感到有些怀旧。

某个炎热的下午,保吉在从学校回家的途中顺路到这家店来买一杯可可。那个女人这天也坐在收银台后面,好像在看一本《讲坛俱乐部》[1]。保吉向满脸青春痘的伙计打听有没有 Van Houten[2]。

"现在只有这个,可以吗?"

伙计递过来的是 Fry。保吉环视了一下店里,发现在水果罐头中间夹杂着一罐 Droste[3],上面贴着"西洋修女"的商标。

---

[1] 日本出版社讲谈社发行的大众文学杂志。1911年创刊,二战时期中断,1962年停刊。——译者注
[2] 荷兰可可生产商。——译者注
[3] 荷兰可可品牌。——译者注

伙计朝那边瞄了一眼，依旧是一脸茫然。

"对，那也是可可。"

"那不就是说并非只有这一种吗？"

"是的，不过，只有这些了。——老板娘，可可只有这些了，对吧？"

保吉回头看向那个女人。她微微眯着眼，脸上透着美丽的绿色。但这也没什么奇怪的，那是下午的阳光透过格窗上的彩色玻璃映照在了她的脸上。女人把杂志压在手肘下，跟往常一样有些迟疑地答道：

"啊，我觉得，就只有这些了吧。"

"其实，这个 Fry 牌的可可里有时会有虫子，所以……"

保吉一本正经地说道，但其实他并不记得自己曾买过那种有虫子的可可。之所以这么说，只是因为他相信，只要他这么说了，就能让他们去核实到底还没有 Van Houten 牌可可。

"因为那虫子还挺大的呢，大概有这个小指这么大……"

女人似乎有些惊讶，半个身子都趴在了收银台上。

"那边不是还有吗？啊,那个后面的架子上也有。"

"全都是红色的Fry,这儿的也是。"

"那这边呢？"

女人连忙穿上木屐,走到店里去翻找,好像有点担心。伙计也有些莫名其妙,但也没办法,开始在各种罐子中间搜寻。保吉点上一支烟,然后开始想办法来催促他们行动。

"如果让孩子喝了那种有虫子的可可,肯定会闹肚子的。（其实他只是在某个避暑胜地租了一间屋子,过着单身生活。）不对,不光是孩子。我老婆有一次就喝到过,结果很惨。（当然,他也从来不曾娶过老婆。）不管怎么说,最好还是小心为上啊……"

说到这儿,保吉突然停了下来。女人一边在围裙上擦着手,一边有些困惑地看着他。

"好像真的找不到呢。"

女人的目光有些怯生生的,嘴角勉强保持着微笑。特别是她的鼻子,竟渗出了一粒粒汗珠,看起来有些滑稽。在二人目光交汇的瞬间,保吉突然觉得自己仿佛被恶魔附了身。这个女人俨然就是一棵含羞草,只要给她一点刺激，就一定会得到他所期待的反应。而所谓刺激也并不难，只需要凝视她，或者碰一碰她的手指，她就一定能从中接收到保吉的暗示。至于她如何处理这种暗示，保吉无从得知，但只要不反抗就行。——不，养只猫也不错。只是，如果要为了一个猫一样的女人而向恶魔出卖自己的灵魂，这一点还得再考虑考虑。保吉扔掉了没吸完的半截烟，同时扔掉了附身的恶魔。恶魔突然遭此意外，只得翻着筋斗飞了出去，可能是飞进了伙计的鼻孔吧，只见他一缩脖子，不停地打起了大喷嚏。

"那就没办法了，给我一罐 Droste 吧。"

保吉苦笑着，从口袋里掏出了零钱。

在那以后，保吉也多次对她做过诸如此类的事，但他再也没觉得自己被恶魔附体，只觉得幸福。不对，有一次在某个瞬间，他甚至感到了天使的降临。

在某个深秋的下午，保吉来买烟，顺便借用了店里的电话。屋外阳光明媚，老板在店门口鼓捣着空气泵，修理着自行车。伙计似乎也出门办事去了，只有女人依旧坐在收银台前，好像在整理收据还是什么东西。店里的这番光景，每次看到总觉得不赖，感觉其中洋溢着某种静谧的幸福，就像荷兰风俗画里的那种氛围。保吉就在女人身后打电话，他把听筒贴在耳边，脑海里却想起了自己珍藏的一幅写真版的 De Hooghe[①]的画作。

然而，等了很久，电话似乎还是无法接通。不仅如此，接线员也不知怎么回事，问过几遍"要打什么号码"之后，就再也不讲话了。保吉按了几次铃，也只听到听筒里传来"扑哧扑哧"的声响。如此一来，也就没有闲心再去想什么 De Hooghe 的画作了。保吉从口袋里掏出一本 Spargo[②]的《社会主义速读》，正好电话旁边有一个箱子，上面的盖子斜立着，就像阅读架一样。他把书放在箱子上，一个字一个字地读着，一边用手缓慢而执拗地拨打着电话铃。这是他用来对付偷懒耍滑的接线员的招数之一。之前在银座尾张町拨打自动电话时，他也是这样一边拨铃，一边读完了

[①] 彼特·德·霍奇（Pieter de Hooch，1629—1684），荷兰黄金时代画家，以描绘安静的家庭场景的作品而闻名。——译者注
[②] 约翰·斯帕格（John Spargo），英国社会主义学者。——译者注

一本《佐桥甚五郎》[①]。今天也一样，只要接线员不理他，他就打算一直不停地拨下去。

大约二十分钟后，他跟接线员大吵一顿，才终于挂了电话。保吉转头看向后面的收银台，想道个谢，却发现那儿没人。女人不知何时去了店门口，正在跟老板说着话。老板好像还是在秋天的阳光下继续修理自行车。保吉正想朝那边走去，但不由停下了脚步。女人背对着他，向老板问道：

"刚才啊，老公，不是有个顾客来买什么微菜咖啡嘛，真的有微菜咖啡吗？"

"微菜咖啡？"

老板跟老婆说话也跟对顾客一样，语气很是冷淡。

"是你听错了吧，是玄米咖啡吧。"

"玄米咖啡？啊，就是用玄米做成的咖啡啊。——怪不得我觉得有点奇怪呢，还想着买微菜应该去蔬菜店啊。"

保吉远远地看着二人的背影，再次感到了天使的

[①] 森鸥外（1862—1922）的短篇历史小说。——译者注

降临。天使肯定飞在悬挂着火腿的天花板附近，正在为浑然不知的二人赐福，然而却被烟熏鲱鱼的气味熏得微微皱起了眉头。——保吉突然想起自己忘买烟熏鲱鱼了，而此刻，成串的鲱鱼干就挂在他的眼前。

"喂，给我来点这个鲱鱼。"

女人当即转过头来，就在她发现买微菜应该去蔬菜店的时候。她肯定是觉得刚刚那番话被人听到了，所以刚一抬起眼，那张小猫一样的脸随即就羞得通红。正如上文所述，保吉迄今已经多次看到女人羞红脸的样子，但还没见过像这次这么红的。

"啊？您要鲱鱼？"

女人小声地回问了一句。

"嗯，我要鲱鱼。"

前前后后经历过多次，但唯独这次，保吉回答得十分干脆。

在这件事之后，又过了两个月左右，应该是第二年的正月吧，也不知那个女人去哪儿干什么了，突然就消失了踪影。而且还不是三五天，任何时候去买东西，都只看到那个大小眼的老板独自一人坐在放着旧暖炉的店里，看起来有些百无聊赖。保吉感觉若有所失，还就女人消失不见的原因展开了种种丰富的联想，但他也不想去向那个冷淡的老板打听"老板娘去哪儿了"。事实上，除了一句"给我某某东西"以外，他还从未跟老板说过什么别的话，当然跟那个羞怯的女人也一样。

不久，冬季寂寥的道路上偶尔也有一两天能晒到温暖的阳光了，但女人依然没有出现。店里也照旧只有老板，周遭散发着荒凉的气息。保吉也不知不觉地开始慢慢遗忘那个女人不在的事实……

到了二月底的某个晚上，保吉结束了学校举行的英语演讲比赛后，一边吹着温暖的春风，一边不经意地从这家店的门前走过，当然他并不想买东西。店里亮着电灯，里面排满了洋酒的瓶瓶罐罐，琳琅满目。这当然也没什么稀奇，可他突然定睛一看，看到店门口有个女人，双手抱着婴儿，正说着一些无意义的话。店里的灯光铺泄而出，照着门外的道路，保吉借着这个灯光忽然发现了那个年轻的母亲是谁。

"小儿乖乖，乖乖！"

女人在店门口来回踱步，煞是有趣地逗着孩子。

就在她摇晃着婴儿的瞬间,不期然与保吉四目相对。保吉当即对女人犹豫不决的目光展开了想象,继而想象自己可以在黑暗中看到她面红耳赤的样子,然而女人毫不在意。她的眼中流露着平静的笑意,脸上也毫无羞赧之色。不仅如此,在一刹那的惊讶之后,她马上又把目光看向了摇晃着的婴儿,甚至不顾旁人,不停地重复说着:

"小儿乖乖,乖乖!"

保吉继续前行,把女人抛在身后,一边不由自主地笑了起来。这个女人已经不再是"那个女人"了,她成了一个大胆的好母亲,成为一个为了孩子能做出任何坏事的可怕的母亲。当然,如果是为了女人,可以将一切祝福都给予这一变化;但如果是一个厚颜无耻的母亲取代了少女般的妻子,这就……保吉继续迈动着脚步,一边茫然地仰望着屋顶的天空。春风拂过,空中悬挂着一轮圆月,微微散发着白色的光芒……

1923 年 12 月